NOVEMBRE

Paru dans Le Livre de Poche :

FLAUBERT

Novembre

PRÉSENTATION ET NOTES PAR ALEXANDRE ABENSOUR

LE LIVRE DE POCHE

Libretti

Couverture : Francesco Hayez, *Carolina Zucchi* (détail), 1825.
Musée civique, Turin. © Bridgeman.
© Librairie Générale Française, 2000, pour la présente édition.
ISBN : 978-2-253-14944-6 – 1re publication LGF

PRÉFACE

Flaubert, dessin de Delaunay. Rouen. Musée Flaubert.

Novembre fait partie des œuvres de jeunesse de Gustave Flaubert. Mais que désigne-t-on par là ? L'âge de l'auteur, sa précocité ou le caractère inachevé d'une première ébauche qui annonce peut-être le grand écrivain sans le révéler tout à fait ? La réponse à cette question dépend évidemment de l'évolution de chaque écrivain. Dans le cas de Flaubert, la cause est entendue : il devient un grand écrivain avec *Madame Bovary*, publiée en 1857, après cinq ans d'un labeur acharné. Flaubert a alors trente-six ans. *Novembre* a été probablement écrit en 1841-1842, soit dans sa vingtième année. Non seulement il est jeune, mais il n'est pas encore un écrivain accompli, c'est-à-dire totalement maître de ses moyens ou, plus exactement — et il faudra s'attarder sur ce mot —, de son « style ». Flaubert n'a d'ailleurs pas publié ce récit, pas plus que son premier roman, *L'Éducation sentimentale*, achevée en 1845, appelée traditionnellement la « première » pour la distinguer du chef-d'œuvre de 1869.

Quel peut donc être l'intérêt de lire *Novembre*, ce texte que Flaubert lui-même jugea sévèrement quand il le relut « par curiosité », en pleine écriture de *Madame Bovary* : « ... ce n'est pas bon. Il y a des monstruosités de mauvais goût, et en somme l'ensemble n'est pas satisfaisant (...) — Par-ci, par-là, une bonne phrase, une belle comparaison. Mais *pas de tissu de style*. Conclusion : *Novembre* suivra le chemin de *L'Éduca-*

tion sentimentale et restera avec elle dans mon carton indéfiniment. Ah ! quel nez fin j'ai eu dans ma jeunesse de ne pas le publier ! Comme j'en rougirais maintenant ! » (lettre du 28 octobre 1853).

Qu'y a-t-il donc de si honteux dans cette jeunesse dont Flaubert tente par tous les moyens de s'éloigner avec sa Bovary ? On peut répondre d'un mot : cette honte a pour nom le romantisme. Mais que faut-il entendre par là ? Un ensemble de thèmes, tels que la correspondance entre la nature et les états d'âme, l'obsession de la mort (« Alors la mort m'apparut belle. Je l'ai toujours aimée »), l'amour sous une forme exaltée, pour ne citer que les plus évidents. Et puis, surtout serait-on tenté de dire, la présence insistante, envahissante du moi, de la première personne. Toute la première partie de *Novembre* peut être ainsi lue à travers l'opposition cardinale du spleen et de l'idéal, que Baudelaire placera au cœur des *Fleurs du Mal* (dont la première édition, rappelons-le, est de 1857, la même année que *Madame Bovary*). Voici, par exemple, ces deux cris du cœur à quelques paragraphes d'intervalle : « Dès lors je ne vécus plus que dans un idéal sans bornes... » et « Il me vint bien vite un invincible dégoût des choses d'ici-bas ».

Toute cette première partie, qui est la peinture de l'état d'âme du héros, aspirant à l'infini (ce terme revient sans cesse) mais incapable de sortir de sa solitude, puis la seconde, récit de son amour passionné pour une prostituée, sont comme saturées de ces thèmes du romantisme français, du *René* de Chateaubriand, bien sûr (1802), cité dans *Novembre*, mais aussi de la *Confession d'un enfant du siècle* de Musset, parue quelques années auparavant (1836) et dont la structure n'est pas sans rappeler celle du texte de Flaubert : description du mal du siècle d'abord (« Alors s'assit sur un monde en ruines une jeunesse soucieuse ») puis récit d'un amour exalté mais impossible. La jeunesse, il faut le remarquer, n'est pas seulement un âge : c'est un des thèmes essentiels du romantisme français. Selon Musset, dans *La Confession*, le nouveau siècle a dépensé toute son énergie dans l'aventure révolutionnaire et napoléonienne, et les nouvelles générations sont vieilles avant l'âge, contraintes à la rêverie faute de pouvoir encore agir. Certes, Flaubert ne reprend pas exactement cette idée. Mais si *Novembre* est une œuvre de jeunesse, ce n'est pas uniquement parce que son auteur n'a que vingt ans ; c'est parce que, comme le jeune Chateaubriand et le jeune Musset, Flaubert fait du lyrisme le substitut à l'histoire, puisque le monde est vidé de son énergie. Le titre lui-même choisit de toutes les saisons la plus déclinante : « Elle est triste la saison où nous sommes : on dirait que la vie va s'en aller avec le soleil, le frisson vous court dans le cœur comme sur la peau, tous les bruits s'éteignent, les horizons pâlissent, tout va dormir ou mourir. » Mais Flaubert n'est ni Chateaubriand, ni Musset, et *Novembre* restera dans ses tiroirs. Pourquoi ?

Il ne faut pas attendre 1853 pour trouver un jugement qui marque l'embarras de Flaubert à l'égard de cette œuvre. À peine finie, voici ce qu'il en écrit à son ancien professeur de lettres, Gourgaud-Dugazon : « Au mois d'avril je compte vous montrer quelque chose. C'est cette ratatouille sentimentale et amoureuse dont je vous ai parlé. L'action y est nulle. Je ne saurais vous en donner une analyse, puisque ce ne sont qu'analyses et dissections psychologiques. C'est peut-être très beau ; mais j'ai peur que ce ne soit très faux et passablement prétentieux et guindé » (lettre du 22 janvier 1842). Ce jugement sur lui-même, c'est déjà celui d'un jeune homme qui se retourne sur sa jeunesse, et sur sa première formation romantique : s'en détacher, cela ne voudra pas dire renoncer à la beauté, à laquelle Flaubert vouera un culte constant, mais allier beauté et vérité. Et pour cela, il faut trouver un style. Or, qu'est-ce que *Novembre* de ce point de vue ? Le sous-tire, qui fut longtemps le titre unique de ce texte, nous donne une indication précieuse : *Fragments de style quelconque*. Même s'il ne faut pas prendre ce titre ironique absolument au pied de la lettre, il exprime l'essentiel de l'insatisfaction de Flaubert à l'égard de son texte : l'absence d'unité, critère essentiel du beau classique (et Flaubert voue une admiration sans borne aux Anciens), et l'absence d'originalité d'un style qui est en somme non celui d'un individu créateur, mais celui d'un courant général, le romantisme français. Comme si, en quelque sorte, « n'importe qui » avait pu être l'auteur de ce qui serait, alors, un pastiche. Comme si Flaubert assumait le temps d'un texte le rôle du jeune homme triste, qu'il brocarde par ailleurs à la même époque dans une lettre à son ami Ernest Chevalier : « Toi aussi tu brailles des sanglots ! Eh, mon Dieu ! qu'as-tu donc ? sais-tu que la jeune génération des écoles est furieusement bête ? Autrefois elle avait plus d'esprit ; elle s'occupait de femmes, de coups d'épée, d'orgies ; maintenant elle se drape sur Byron, rêve de désespoir et se cadenasse le cœur à plaisir. Celle qui aura le visage le plus pâle et qui dira le mieux : je suis blasé. Blasé ! quelle pitié ! blasé à dix-huit ans ! » (lettre du 15 avril 1839). Mais cette interprétation du « quelconque » est loin de livrer tout le secret de ce texte qui est en fait loin d'être un simple exercice de style « à la manière de »...

Si cette œuvre est déjà véritablement et pleinement originale, c'est notamment que l'ironie (Flaubert avoue une passion pour *Candide*), le regard sévère, ne se manifeste pas seulement dans des lettres, mais dans le texte lui-même. On peut facilement découper *Novembre* en trois parties : avant la rencontre avec Marie, la prostituée ; l'épisode de Marie (sur lequel nous reviendrons) ; la période qui suit la mort du narrateur. Qu'un texte autobiographique se termine par la mort du narrateur, dont le manuscrit est recueilli par un tiers : voilà un procédé littéraire bien connu depuis ce roman précurseur de tout le romantisme européen que sont *Les Souffrances du jeune Werther* de Goethe (1774). Mais beaucoup moins habituel est en revanche le commentaire ironique que l'éditeur du manuscrit porte sur ce que le lecteur vient de lire. Voici les premières lignes de cette troisième partie : « Le manuscrit s'arrête ici, mais j'en ai connu l'auteur, et si quelqu'un, ayant passé, pour arriver jusqu'à cette page, à travers toutes les métaphores, hyperboles et autres figures qui remplissent les précédentes, désire y trouver une fin, qu'il continue, nous allons la lui donner. » Et pour qui douterait que ces figures de style soient jugées sévèrement par le bienveillant ami, il suffit de se reporter quelques pages plus loin : « C'était un homme qui donnait dans le faux, dans l'amphigourique et faisait grands abus d'épithètes. » Beau texte, sans doute, mais combien faux... Voici, parmi tant d'autres, un exemple de cette amphigourique beauté : « Les nuées étaient chargées de mollesse, elles pesaient sur moi et m'écrasaient, comme une poitrine sur une autre poitrine ; je sentais un besoin de volupté, plus chargé d'odeurs que le parfum des clématites et plus cuisant que le soleil sur le mur des jardins. » Et quelle belle comparaison, en effet...

Au dernier chapitre de la première *Éducation sentimentale*, roman non publié et achevé en 1845, Flaubert, à travers Jules, l'un des deux héros, décrit son propre chemin vers la terre promise de la perfection : « Auparavant, sa phrase était longue, vague, enflée, surabondante, couverte d'ornements et de ciselures, un peu molle aux deux bouts, et il voulut lui donner une tournure plus libre et plus précise, la rendre plus souple et plus forte. (...) Il entra donc de tout cœur dans cette grande étude du style... » Mais encore douze années séparent cette profession de foi, cet abandon à la jeunesse, et la publication du premier vrai roman de la maturité, *Madame Bovary*. Et pourtant... Si stylistiquement le chef-d'œuvre de 1857 est aux antipodes de *Novembre*, ce premier texte présente une dimension qui n'est pas réductible au romantisme, mais qui est au contraire propre à Flaubert : la place singulière qu'occupent la figure féminine et le portrait de l'amour. Le personnage principal du récit, plus que le narrateur lui-même, plus que l'ami, est Marie, la prostituée dont l'histoire forme la partie centrale du texte. Certes, le thème de la « courtisane au grand cœur » est un lieu commun romantique. Pour ne retenir que deux exemples célèbres, on peut mentionner le personnage de Marion du *Rolla* de Musset (1833) et la magnifique figure d'Esther Gobseck, dite la Torpille, héroïne de *Splendeurs et Misères des courtisanes* de Balzac (1838-1844). Le romantisme est amateur d'antithèse (le sublime et le grotesque), et il voit dans cette figure de femmes la réunion de la pureté d'âme et de la dépravation du corps. Marie est d'emblée décrite selon un contraste qui renvoie à cette antithèse : « Elle avait une robe blanche (...) ses cheveux noirs, lissés et nattés sur les tempes, reluisaient comme l'aile d'un corbeau (...) elle se tenait ainsi debout (...), entourée de la lumière du soleil qui (...) faisait ressortir davantage ce vêtement blanc et cette tête brune. » Et son cri est bien celui de ses compagnes romantiques : « Je suis vierge ! cela te fait rire ? mais n'en ai-je pas les vagues pressentiments, les ardentes langueurs ? J'en ai tout, sauf la virginité elle-même. »

Mais la Marie de *Novembre* est déjà un personnage éminemment flaubertien, ne serait-ce que par ce récit à la première personne, pivot de la nouvelle, qui, en mettant le désir féminin au centre du récit, annonce manifestement *Madame Bovary*, écrit cette fois à la troisième personne. Comme Emma, Marie recherche éperdument le plaisir. Mais, à sa différence, elle est parfaitement consciente de la violence de sa sensualité : « À dix ans déjà, j'avais des nuits fiévreuses, des nuits pleines de luxure. (...) À l'église, je regardais l'homme nu étalé sur sa croix (...) je le détachais de la croix et je le faisais descendre vers moi... » Alors que la jeune Emma, au couvent, si elle aime les formules mystiques qui « lui [soulèvent] au fond de l'âme des douceurs inattendues », ne peut nommer la source exacte de son plaisir. Emma est en somme une Marie qui s'ignore. Le génie de Flaubert est donc d'avoir su utiliser pour ses propres fins un style et une thématique qu'il partage alors avec toute une génération d'écrivains. Il porte en quelque sorte à son point d'incandescence et de vérité érotique les expressions souvent éthérées de l'amour romantique. Il se prépare là à son grand travail, faire de la pureté du style l'outil de la dissection du désir. *Novembre* ne représente pas simplement les adieux de Flaubert au romantisme : plutôt son affrontement avec lui, non pas pour le renier, mais pour en retenir la quintessence, cette exploration de l'âme qui n'a, selon Flaubert, en quelque sorte pas encore pleinement trouvé son « style » ...

Alexandre Abensour

REPÈRES CHRONOLOGIQUES

1821   Naissance de Gustave Flaubert, à l'Hôtel-Dieu de Rouen.

1830   Révolution de Juillet : chute de Charles X, arrivée au pouvoir de Louis-Philippe. Stendhal : *Le Rouge et le Noir*.

1831   Flaubert commence à écrire. Victor Hugo : *Notre-Dame de Paris*.

1833   Musset : *Rolla*.

1836   Rencontre à Trouville d'Élisa Schlesinger, sa première passion.

1838   Balzac : *Splendeurs et Misères des courtisanes*.

1840-1842   Rédaction de *Novembre*.

1843-1845   La « première » *Éducation sentimentale*, non publiée.

1846   Mort du père et de la sœur. Rencontre avec Louise Colet, et début d'une relation amoureuse et épistolaire tumultueuse.

1848   Révolution (février) et proclamation de la Deuxième République. « Je ne sais si la forme nouvelle du gouvernement et l'état social qui en résultera sera favorable à l'Art. C'est une question. On ne pourra pas être plus bourgeois et plus nul. Quant à plus bête, est-ce possible ? »

1851   Le 2 décembre, coup d'État de Louis-Napoléon Bonaparte.

1849-1851   Voyage en Orient.

1851-1857   *Madame Bovary*.

1857   Baudelaire : *Les Fleurs du Mal*.

1857-1862   *Salammbô*.

1864-1869   *L'Éducation sentimentale*.

1870-1871   Guerre franco-prussienne, défaite et chute de l'Empire. Proclamation de la Troisième République. Écrasement de la Commune de Paris.

1869-1872   Dernière version de la *Tentation de saint Antoine*.

1873-1874   Rimbaud : *Une saison en Enfer* et les *Illuminations*.

1872-1880   *Bouvard et Pécuchet*, dernier roman, inachevé, de Flaubert.

1876-1877   Les *Trois Contes*.

ORIENTATION BIBLIOGRAPHIQUE

OUVRAGES GÉNÉRAUX SUR FLAUBERT :

Jean-Paul SARTRE, *L'Idiot de la famille, Gustave Flaubert de 1821 à 1857*, 3 volumes, Gallimard, 1971-1972.

Maurice NADEAU, *Gustave Flaubert, écrivain*, Les Lettres Nouvelles, 1969.

Travail de Flaubert, collectif, Seuil, 1983.

SUR *NOVEMBRE* :

Shoshana FELMAN, « Modernité du lieu commun », in *La Folie et la chose littéraire*, Seuil, 1978.

Lorenza MARANINI, « Novembre de G. Flaubert », *Bulletin des amis de Flaubert*, n° 16, 1960.

Henri GUILLEMIN, préface à l'édition de *Novembre*, Ides et Calendes, Neuchâtel, 1961.

Yvan LECLERC, préface à l'édition de *Mémoire d'un fou, Novembre et autres textes de jeunesse*, G-F Flammarion, 1991.

Marseille vers 1840, l'entrée du port.

NOVEMBRE *

* Texte de référence : *Mémoire d'un fou, Novembre et autres textes de jeunesse*, édition critique établie par Yvan Leclerc, G-F Flammarion, 1991.

« Elle est triste, la saison où nous sommes : on dirait que la vie va s'en aller avec le soleil, le frisson vous court dans le cœur comme sur la peau... » (p. 26.)
Friedrich, *Paysage.*

NOVEMBRE
Fragments de style quelconque

« Pour... niaiser et fantastiquer. »

Montaigne.

J'aime l'automne, cette triste saison va bien aux souvenirs. Quand les arbres n'ont plus de feuilles, quand le ciel conserve encore au crépuscule la teinte rousse qui dore l'herbe fanée, il est doux de regarder s'éteindre tout ce qui naguère encore brûlait en vous.

Je viens de rentrer de ma promenade dans les prairies vides, au bord des fossés froids où les saules se mirent ; le vent faisait siffler leurs branches dépouillées, quelquefois il se taisait, et puis recommençait tout à coup ; alors les petites feuilles qui restent attachées aux broussailles tremblaient de nouveau, l'herbe frissonnait en se penchant sur terre, tout semblait devenir plus pâle et plus glacé ; à l'horizon le disque du soleil se perdait dans la couleur blanche du ciel, et le pénétrait alentour d'un peu de vie expirante. J'avais froid et presque peur.

Je me suis mis à l'abri derrière un monticule de gazon, le vent avait cessé. Je ne sais pourquoi, comme j'étais là, assis par terre, ne pensant à rien et regardant au loin la fumée qui sortait des chaumes, ma vie entière s'est placée devant moi comme un fantôme, et l'amer parfum des jours qui ne sont plus m'est revenu avec l'odeur de l'herbe séchée et des bois morts ; mes

pauvres années ont repassé devant moi, comme empor-
tées par l'hiver dans une tourmente lamentable ;
quelque chose de terrible les roulait dans mon souvenir, avec plus de furie que la brise ne faisait courir les
feuilles dans les sentiers paisibles ; une ironie étrange
les frôlait et les retournait pour mon spectacle, et puis
toutes s'envolaient ensemble et se perdaient dans un
ciel morne.

Elle est triste, la saison où nous sommes : on dirait
que la vie va s'en aller avec le soleil, le frisson vous
court dans le cœur comme sur la peau, tous les bruits
s'éteignent, les horizons pâlissent, tout va dormir ou
mourir. Je voyais tantôt les vaches rentrer, elles beu-
glaient en se tournant vers le couchant, le petit garçon
qui les chassait devant lui avec une ronce grelottait
sous ses habits de toile, elles glissaient sur la boue
en descendant la côte, et écrasaient quelques pommes
restées dans l'herbe. Le soleil jetait un dernier adieu
derrière les collines confondues, les lumières des maisons s'allumaient dans la vallée, et la lune, l'astre de
la rosée, l'astre des pleurs, commençait à se découvrir
d'entre les nuages et à montrer sa pâle figure.

J'ai savouré longuement ma vie perdue ; je me suis
dit avec joie que ma jeunesse était passée, car c'est une
joie de sentir le froid vous venir au cœur, et de pouvoir
dire, le tâtant de la main comme un foyer qui fume
encore : il ne brûle plus. J'ai repassé lentement dans
toutes les choses de ma vie, idées, passions, jours
d'emportements, jours de deuil, battements d'espoir,
déchirements d'angoisse. J'ai tout revu, comme un
homme qui visite les catacombes [1] et qui regarde lentement, des deux côtés, des morts rangés après des
morts. À compter les années cependant, il n'y a pas
longtemps que je suis né, mais j'ai à moi des souvenirs
nombreux dont je me sens accablé, comme le sont les

---

1. Souterrain ayant servi de sépulture.

vieillards de tous les jours qu'ils ont vécus ; il me semble quelquefois que j'ai duré pendant des siècles et que mon être renferme les débris de mille existences passées [1]. Pourquoi cela ? Ai-je aimé ? ai-je haï ? ai-je cherché quelque chose ? j'en doute encore ; j'ai vécu en dehors de tout mouvement, de toute action, sans me remuer, ni pour la gloire, ni pour le plaisir, ni pour la science, ni pour l'argent.

De tout ce qui va suivre personne n'a rien su, et ceux qui me voyaient chaque jour, pas plus que les autres ; ils étaient, par rapport à moi, comme le lit sur lequel je dors et qui ne sait rien de mes songes. Et d'ailleurs, le cœur de l'homme n'est-il pas une énorme solitude où nul ne pénètre ? les passions qui y viennent sont comme les voyageurs dans le désert du Sahara, elles y meurent étouffées, et leurs cris ne sont point entendus au-delà.

Dès le collège j'étais triste, je m'y ennuyais, je m'y cuisais de désirs, j'avais d'ardentes aspirations vers une existence insensée et agitée, je rêvais les passions, j'aurais voulu toutes les avoir. Derrière la vingtième année, il y avait pour moi tout un monde de lumières, de parfums ; la vie m'apparaissait de loin avec des splendeurs et des bruits triomphaux ; c'étaient, comme dans les contes de fées, des galeries les unes après les autres, où les diamants ruissellent sous le feu des lustres d'or ; un nom magique fait rouler sur leurs gonds les portes enchantées, et, à mesure qu'on avance, l'œil plonge dans des perspectives magnifiques dont l'éblouissement fait sourire et fermer les yeux.

Vaguement je convoitais quelque chose de splendide que je n'aurais su formuler par aucun mot, ni préciser dans ma pensée sous aucune forme, mais dont j'avais néanmoins le désir positif, incessant. J'ai toujours aimé les choses brillantes. Enfant, je me poussais dans la

---

1. Cf. le premier vers du poème *Spleen* des *Fleurs du Mal* (n° LX) : « J'ai plus de souvenirs que si j'avais mille ans ».

foule, à la portière des charlatans, pour voir les galons
rouges de leurs domestiques et les rubans de la bride
de leurs chevaux ; je restais longtemps devant la tente
des bateleurs, à regarder leurs pantalons bouffants et
leurs collerettes brodées. Oh ! comme j'aimais surtout
la danseuse de corde, avec ses longs pendants
d'oreilles qui allaient et venaient autour de sa tête, son
gros collier de pierres qui battait sur sa poitrine ! avec
quelle avidité inquiète je la contemplais, quand elle
s'élançait jusqu'à la hauteur des lampes suspendues
entre les arbres, et que sa robe, bordée de paillettes
d'or, claquait en sautant et se bouffait dans l'air ! ce
sont là les premières femmes que j'ai aimées. Mon
esprit se tourmentait en songeant à ces cuisses de
formes étranges, si bien serrées dans des pantalons
roses, à ces bras souples, entourés d'anneaux qu'elles
faisaient craquer sur leur dos en se renversant en
arrière, quand elles touchaient jusqu'à terre avec les
plumes de leur turban. La femme, que je tâchais déjà
de deviner (il n'est pas d'âge où l'on n'y songe :
enfant, nous palpons avec une sensualité naïve la gorge
des grandes filles qui nous embrassent et qui nous tien-
nent dans leurs bras ; à dix ans, on rêve l'amour ; à
quinze, il vous arrive ; à soixante, on le garde encore,
et si les morts songent à quelque chose dans leur tombeau, c'est à gagner sous terre la tombe qui est proche,
pour soulever le suaire de la trépassée et se mêler à son
sommeil) ; la femme était donc pour moi un mystère
attrayant, qui troublait ma pauvre tête d'enfant. À ce
que j'éprouvais, lorsqu'une de celles-ci venait à fixer
ses yeux sur moi, je sentais déjà qu'il y avait quelque
chose de fatal dans ce regard émouvant, qui fait fondre
les volontés humaines, et j'en étais à la fois charmé et
épouvanté.

À quoi rêvais-je durant les longues soirées d'études,
quand je restais, le coude appuyé sur mon pupitre, à
regarder la mèche du quinquet s'allonger dans la

flamme et chaque goutte d'huile tomber dans le godet,
pendant que mes camarades faisaient crier leurs plumes
sur le papier et qu'on entendait, de temps à autre, le
bruit d'un livre qu'on feuilletait ou qu'on refermait ?
Je me dépêchais bien vite de faire mes devoirs, pour
pouvoir me livrer à l'aise à ces pensées chéries. En
effet, je me le promettais d'avance avec tout l'attrait
d'un plaisir réel, je commençais par me forcer à y songer, comme un poète qui veut créer quelque chose et
provoquer l'inspiration ; j'entrais le plus avant possible
dans ma pensée, je la retournais sous toutes ses faces,
j'allais jusqu'au fond, je revenais et je recommençais ;
bientôt c'était une course effrénée de l'imagination, un
élan prodigieux hors du réel, je me faisais des aventures, je m'arrangeais des histoires, je me bâtissais des
palais, je m'y logeais comme un empereur, je creusais
toutes les mines de diamant et je me les jetais à seaux
sur le chemin que je devais parcourir.

Et quand le soir était venu, que nous étions tous
couchés dans nos lits blancs, avec nos rideaux blancs [1],
et que le maître d'étude seul se promenait de long en
large dans le dortoir, comme je me renfermais encore
bien plus en moi-même, cachant avec délices dans mon
sein cet oiseau qui battait des ailes et dont je sentais
la chaleur ! J'étais toujours longtemps à m'endormir,
j'écoutais les heures sonner, plus elles étaient longues
plus j'étais heureux ; il me semblait qu'elles me poussaient dans le monde en chantant, et saluaient chaque
moment de ma vie en me disant : Aux autres ! aux
autres ! à venir ! adieu ! adieu ! Et quand la dernière
vibration s'était éteinte, quand mon oreille ne bourdonnait plus à l'entendre, je me disais : « À demain, la
même heure sonnera, mais demain ce sera un jour de
moins, un jour de plus vers là-bas, vers ce but qui
brille, vers mon avenir, vers ce soleil dont les rayons

---

1. Cette blancheur du monde de l'enfance prépare le héros à la
« robe blanche » de Marie.

m'inondent et que je toucherai alors des mains », et je
me disais que c'était bien long à venir, et je m'endor-
mais presque en pleurant.

Certains mots me bouleversaient, celui de *femme*, de
maîtresse surtout ; je cherchais l'explication du premier dans les livres, dans les gravures, dans les
tableaux, dont j'aurais voulu pouvoir arracher les dra-
peries pour y découvrir quelque chose. Le jour enfin
que je devinai tout, cela m'étourdit d'abord avec
délices, comme une harmonie suprême, mais bientôt je
devins calme et vécus dès lors avec plus de joie, je
sentis un mouvement d'orgueil à me dire que j'étais un
homme, un être organisé pour avoir un jour une femme
à moi ; le mot de la vie m'était connu, c'était presque
y entrer et déjà en goûter quelque chose, mon désir
n'alla pas plus loin, et je demeurai satisfait de savoir
ce que je savais. Quant à une *maîtresse*, c'était pour
moi un être satanique, dont la magie du nom seul me
jetai en de longues extases : c'était pour leurs maîtresses que les rois ruinaient et gagnaient des provin-
ces ; pour elles on tissait les tapis de l'Inde, on tournait
l'or, on ciselait le marbre, on remuait le monde ; une
maîtresse a des esclaves, avec des éventails de plumes
pour chasser les moucherons, quand elle dort sur des
sofas de satin ; des éléphants chargés de présents atten-
dent qu'elle s'éveille, des palanquins la portent molle-
ment au bord des fontaines, elle siège sur des trônes,
dans une atmosphère rayonnante et embaumée, bien
loin de la foule, dont elle est l'exécration et l'idole [1].

Ce mystère de la femme en dehors du mariage, et
plus femme encore à cause de cela même, m'irritait et
me tentait du double appât de l'amour et de la richesse.
Je n'aimais rien tant que le théâtre, j'en aimais jusqu'au bourdonnement des entr'actes, jusqu'aux cou-
loirs, que je parcourais le cœur ému pour trouver une

---

1. Première apparition de l'antithèse de l'idéal et de l'ignoble,
que Marie illustrera à sa manière.

place. Quand la représentation était déjà commencée, je montais l'escalier en courant, j'entendais le bruit des instruments, des voix, des bravos, et quand j'entrais, que je m'asseyais, tout l'air était embaumé d'une chaude odeur de femme bien habillée, quelque chose qui sentait le bouquet de violettes, les gants blancs, le mouchoir brodé ; les galeries couvertes de monde, comme autant de couronnes de fleurs et de diamants, semblaient se tenir suspendues à entendre chanter ; l'actrice seule était sur le devant de la scène, et sa poitrine, d'où sortaient des notes précipitées, se baissait et montait en palpitant, le rythme poussait sa voix au galop et l'emportait dans un tourbillon mélodieux, les roulades faisaient onduler son cou gonflé, comme celui d'un cygne, sous le poids de baisers aériens ; elle tendait les bras, criait, pleurait, lançait des éclairs, appelait quelque chose avec un inconcevable amour, et, quand elle reprenait le motif, il me semblait qu'elle arrachait mon cœur avec le son de sa voix pour le mêler à elle dans une vibration amoureuse.

On l'applaudissait, on lui jetait des fleurs, et, dans mon transport, je savourais sur sa tête les adorations de la foule, l'amour de tous ces hommes et le désir de chacun d'eux. C'est de celle-là que j'aurais voulu être aimé, aimé d'un amour dévorant et qui fait peur, un amour de princesse ou d'actrice, qui nous remplit d'orgueil et vous fait de suite l'égal des riches et des puissants ! Qu'elle est belle la femme que tous applaudissent et que tous envient, celle qui donne à la foule, pour les rêves de chaque nuit, la fièvre du désir, celle qui n'apparaît jamais qu'aux flambeaux, brillante et chantante, et marchant dans l'idéal d'un poète comme dans une vie faite pour elle ! elle doit avoir pour celui qu'elle aime un autre amour, bien plus beau encore que celui qu'elle verse à flots sur tous les cœurs béants qui s'en abreuvent, des chants bien plus doux, des notes bien plus basses, plus amoureuses, plus trem-

blantes ! Si j'avais pu être près de ces lèvres d'où elles
sortaient si pures, toucher à ces cheveux luisants qui
brillaient sous des perles ! Mais la rampe du théâtre
me semblait la barrière de l'illusion ; au-delà il y avait
pour moi l'univers de l'amour et de la poésie, les passions y étaient plus belles et plus sonores, les forêts et
les palais s'y dissipaient comme de la fumée, les syl-
phides descendaient des cieux, tout chantait, tout
aimait.

C'est à tout cela que je songeais seul, le soir, quand
le vent sifflait dans les corridors, ou dans les récréa-
tions, pendant qu'on jouait aux barres ou à la balle, et
que je me promenais le long du mur, marchant sur les
feuilles tombées des tilleuls pour m'amuser à entendre
le bruit de mes pieds qui les soulevaient et les poussaient.

Je fus bientôt pris du désir d'aimer, je souhaitai
l'amour avec une convoitise infinie, j'en rêvais les
tourments, je m'attendais à chaque instant à un déchi-
rement qui m'eût comblé de joie. Plusieurs fois je crus
y être, je prenais dans ma pensée la première femme
venue qui m'avait semblé belle, et je me disais :
« C'est celle-là que j'aime », mais le souvenir que j'aurais voulu en garder s'appâlissait [1] et s'effaçait au lieu
de grandir ; je sentais, d'ailleurs, que je me forçais à
aimer, que je jouais, vis-à-vis de mon cœur, une comédie qui ne le dupait point, et cette chute me donnait
une longue tristesse ; je regrettais presque des amours
que je n'avais pas eues, et puis j'en rêvais d'autres
dont j'aurais voulu pouvoir me combler l'âme.

C'était surtout le lendemain de bal ou de comédie, à
la rentrée d'une vacance de deux ou trois jours, que je
rêvais une passion. Je me représentais celle que j'avais
choisie, telle que je l'avais vue, en robe blanche, enlevée dans une valse aux bras d'un cavalier qui la sou-

---

1. Même sens que *pâlissaient*. Forme pronominale du verbe
transitif *apâlir* (rare).

tient et qui lui sourit, ou appuyée sur la rampe de velours d'une loge et montrant tranquillement un profil royal ; le bruit des contredanses, l'éclat des lumières résonnait et m'éblouissait quelque temps encore, puis tout finissait par se fondre dans la monotonie d'une rêverie douloureuse. J'ai eu ainsi mille petits amours, qui ont duré huit jours ou un mois et que j'ai souhaité prolonger des siècles ; je ne sais en quoi je les faisais consister, ni quel était le but où ces vagues désirs convergeaient ; c'était, je crois, le besoin d'un sentiment nouveau et comme une aspiration vers quelque chose d'élevé dont je ne voyais pas le faîte.

La puberté du cœur précède celle du corps ; or j'avais plus besoin d'aimer que de jouir, plus envie de l'amour que de la volupté. Je n'ai même plus maintenant l'idée de cet amour de la première adolescence, où les sens ne sont rien et que l'infini seul remplit ; placé entre l'enfance et la jeunesse, il en est la transition et passe si vite qu'on l'oublie.

J'avais tant lu chez les poètes le mot amour, et si souvent je me le redisais pour me charmer de sa douceur, qu'à chaque étoile qui brillait dans un ciel bleu par une nuit douce, qu'à chaque murmure du flot sur la rive, qu'à chaque rayon de soleil dans les gouttes de la rosée, je me disais : « J'aime ! oh ! j'aime ! » et j'en étais heureux, j'en étais fier, déjà prêt aux dévouements les plus beaux, et surtout quand une femme m'effleurait en passant ou me regardait en face, j'aurais voulu l'aimer mille fois plus, pâtir encore davantage, et que mon petit battement de cœur pût me casser la poitrine.

Il y a un âge, vous le rappelez-vous, lecteur, où l'on sourit vaguement, comme s'il y avait des baisers dans l'air ; on a le cœur tout gonflé d'une brise odorante, le sang bat chaudement dans les veines, il y pétille, comme le vin bouillonnant dans la coupe de cristal. Vous vous réveillez plus heureux et plus riche que la veille, plus palpitant, plus ému ; de doux fluides montent et descendent en vous et vous parcourent divinement de leur chaleur enivrante, les arbres tordent leur tête sous le vent en de molles courbures, les feuilles frémissent les unes sur les autres, comme si elles se parlaient, les nuages glissent et ouvrent le ciel, où la lune sourit et se mire d'en haut sur la rivière. Quand vous marchez le soir, respirant l'odeur des foins coupés, écoutant le coucou dans les bois, regardant les étoiles qui filent, votre cœur, n'est-ce pas, votre cœur est plus pur, plus pénétré d'air, de lumière et d'azur que l'horizon paisible, où la terre touche le ciel dans un calme baiser. Oh ! comme les cheveux des femmes embaument ! comme la peau de leurs mains est douce, comme leurs regards nous pénètrent !

Mais déjà ce n'étaient plus les premiers éblouissements de l'enfance, souvenirs agitants des rêves de la nuit passée ; j'entrais, au contraire, dans une vie réelle où j'avais ma place, dans une harmonie immense où mon cœur chantait un hymne et vibrait magnifiquement ; je goûtais avec joie cet épanouissement charmant, et mes sens s'éveillant ajoutaient à mon orgueil. Comme le premier homme créé, je me réveillais enfin d'un long sommeil, et je voyais près de moi un être semblable à moi, mais muni des différences qui plaçaient entre nous deux une attraction vertigineuse, et en même temps je sentais pour cette forme nouvelle un sentiment nouveau dont ma tête était fière, tandis que le soleil brillait plus pur, que les fleurs embaumaient mieux que jamais, que l'ombre était plus douce et plus aimante.

Simultanément à cela, je sentais chaque jour le développement de mon intelligence, elle vivait avec mon cœur d'une vie commune. Je ne sais pas si mes idées étaient des sentiments, car elles avaient toute la chaleur des passions, la joie intime que j'avais dans le profond de mon être débordait sur le monde et l'embaumait pour moi du surplus de mon bonheur, j'allais toucher à la connaissance des voluptés suprêmes, et, comme un homme à la porte de sa maîtresse, je restais longtemps à me faire languir exprès, pour savourer un espoir certain et me dire : tout à l'heure je vais la tenir dans mes bras, elle sera à moi, bien à moi, ce n'est pas un rêve !

Étrange contradiction ! je fuyais la société des femmes, et j'éprouvais devant elles un plaisir délicieux ; je prétendais ne point les aimer, tandis que je vivais dans toutes et que j'aurais voulu pénétrer l'essence de chacune pour me mêler à sa beauté. Leurs lèvres déjà m'invitaient à d'autres baisers que ceux des mères, par la pensée je m'enveloppais de leurs cheveux, et je me plaçais entre leurs seins pour m'y écraser sous un étouffement divin ; j'aurais voulu être le collier qui baisait leur cou, l'agrafe qui mordait leur épaule, le vêtement qui les couvrait de tout le reste du corps. Au-delà du vêtement je ne voyais plus rien, sous lui était un infini d'amour, je m'y perdais à y penser.

Ces passions que j'aurais voulu avoir, je les étudiais dans les livres. La vie humaine roulait, pour moi, sur deux ou trois idées, sur deux ou trois mots, autour desquels tout le reste tournait comme des satellites autour de leur astre. J'avais ainsi peuplé mon infini d'une quantité de soleils d'or, les contes d'amour se plaçaient dans ma tête à côté des belles révolutions, les belles passions face à face des grands crimes ; je songeais à la fois aux nuits étoilées des pays chauds et à l'embrasement des villes incendiées, aux lianes des forêts vierges et à la pompe des monarchies perdues, aux tombeaux et aux berceaux ; murmure du flot dans les joncs, roucoulement des tourterelles sur les colombiers, bois de myrte et senteur d'aloès, cliquetis des épées contre les cuirasses, chevaux qui piaffent, or qui reluit, étincellements de la vie, agonies des désespérés, je contemplais tout du même regard béant, comme une

fourmilière qui se fût agitée à mes pieds. Mais, par-
dessus cette vie si mouvante à la surface, si résonnante
de tant de cris différents, surgissait une immense amertume qui en était la synthèse et l'ironie.

Le soir, dans l'hiver, je m'arrêtais devant les maisons éclairées où l'on dansait, et je regardais des
ombres passer derrière les rideaux rouges, j'entendais
des bruits chargés de luxe, des verres qui claquaient
sur des plateaux, de l'argenterie qui tintait dans des
plats, et je me disais qu'il ne dépendait que de moi de
prendre part à cette fête où l'on se ruait, à ce banquet
où tous mangeaient ; un orgueil sauvage m'en écartait,
car je trouvais que ma solitude me faisait beau, et que
mon cœur était plus large à le tenir éloigné de tout ce
qui faisait la joie des hommes. Alors je continuais ma
route à travers les rues désertes, où les réverbères se
balançaient tristement en faisant crier leurs poulies.

Je rêvais la douleur des poètes, je pleurais avec eux
leurs larmes les plus belles, je les sentais jusqu'au fond
du cœur, j'en étais pénétré, navré, il me semblait parfois que l'enthousiasme qu'ils me donnaient me faisait
leur égal et me montait jusqu'à eux ; des pages, où
d'autres restaient froids, me transportaient, me donnaient une fureur de pythonisse [1], je m'en ravageais
l'esprit à plaisir, je me les récitais au bord de la mer,
ou bien j'allais, la tête baissée, marchant dans l'herbe,
me les disant de la voix la plus amoureuse et la plus
tendre.

Malheur à qui n'a pas désiré des colères de tragédie,
à qui ne sait pas par cœur des strophes amoureuses
pour se les répéter au clair de lune ! il est beau de vivre
ainsi dans la beauté éternelle, de se draper avec les
rois, d'avoir les passions à leur expression la plus

---

1. Prophétesse inspirée par Apollon, dit « pythien » pour avoir
tué le serpent Python. Au moment de l'inspiration, la voyante est
prise de « fureurs ».

haute, d'aimer les amours que le génie a rendus immortels.

Dès lors je ne vécus plus que dans un idéal sans bornes, où, libre et volant à l'aise, j'allais comme une abeille cueillir sur toutes choses de quoi me nourrir et vivre ; je tâchais de découvrir, dans les bruits des forêts et des flots, des mots que les autres hommes n'entendaient point, et j'ouvrais l'oreille pour écouter la révélation de leur harmonie ; je composais avec les nuages et le soleil des tableaux énormes, que nul langage n'eût pu rendre, et, dans les actions humaines également, j'y percevais tout à coup des rapports et des antithèses dont la précision lumineuse m'éblouissait moi-même. Quelquefois l'art et la poésie semblaient ouvrir leurs horizons infinis et s'illuminer l'un l'autre de leur propre éclat, je bâtissais des palais de cuivre rouge, je montais éternellement dans un ciel radieux, sur un escalier de nuages plus mous que des édredons.

L'aigle est un oiseau fier, qui perche sur les hautes cimes ; sous lui il voit les nuages qui roulent dans les vallées, emportant avec eux les hirondelles ; il voit la pluie tomber sur les sapins, les pierres de marbre rouler dans le gave, le pâtre qui siffle ses chèvres, les chamois qui sautent les précipices. En vain la pluie ruisselle, l'orage casse les arbres, les torrents roulent avec des sanglots, la cascade fume et bondit, le tonnerre éclate et brise la cime des monts, paisible il vole au-dessus et bat des ailes ; le bruit de la montagne l'amuse, il pousse des cris de joie, lutte avec les nuées qui courent vite, et monte encore plus haut dans son ciel immense.

Moi aussi, je me suis amusé du bruit des tempêtes et du bourdonnement vague des hommes qui montait jusqu'à moi ; j'ai vécu dans une aire élevée, où mon cœur se gonflait d'air pur, où je poussais des cris de triomphe pour me désennuyer de ma solitude.

Il me vint bien vite un invincible dégoût pour les choses d'ici-bas. Un matin, je me sentis vieux et plein d'expérience sur mille choses inéprouvées, j'avais de l'indifférence pour les plus tentantes et du dédain pour les plus belles ; tout ce qui faisait l'envie des autres me faisait pitié, je ne voyais rien qui valût même la peine d'un désir, peut-être ma vanité faisait-elle que j'étais au-dessus de la vanité commune et mon désintéressement n'était-il que l'excès d'une cupidité sans bornes. J'étais comme ces édifices neufs, sur lesquels la mousse se met déjà à pousser avant qu'ils ne soient achevés d'être bâtis ; les joies turbulentes de mes camarades m'ennuyaient, et je haussais les épaules à leurs niaiseries sentimentales : les uns gardaient tout un an un vieux gant blanc, ou un camélia fané, pour le couvrir de baisers et de soupirs ; d'autres écrivaient à des modistes, donnaient rendez-vous à des cuisinières ; les premiers me semblaient sots, les seconds grotesques. Et puis la bonne et la mauvaise société m'ennuyaient également, j'étais cynique avec les dévots et mystique avec les libertins, de sorte que tous ne m'aimaient guère.

À cette époque où j'étais vierge, je prenais plaisir à contempler les prostituées, je passais dans les rues qu'elles habitent, je hantais les lieux où elles se promènent ; quelquefois je leur parlais pour me tenter moi-même, je suivais leurs pas, je les touchais, j'entrais dans l'air qu'elles jettent autour d'elles ; et comme j'avais de l'impudence, je croyais être calme ; je me sentais le cœur vide, mais ce vide-là était un gouffre.

J'aimais à me perdre dans le tourbillon des rues ; souvent je prenais des distractions stupides, comme de regarder fixement chaque passant pour découvrir sur sa figure un vice ou une passion saillante. Toutes ces têtes passaient vite devant moi : les unes souriaient, sifflaient en partant, les cheveux au vent ; d'autres étaient pâles, d'autres rouges, d'autres livides ; elles disparaissaient rapidement à mes côtés, elles glissaient les unes après les autres comme les enseignes lorsqu'on est en voiture. Ou bien je ne regardais seulement que les pieds qui allaient dans tous les sens, et je tâchais de rattacher chaque pied à un corps, un corps à une idée, tous ces mouvements à des buts, et je me demandais où tous ces pas allaient, et pourquoi marchaient tous ces gens. Je regardais les équipages s'enfoncer sous les péristyles sonores et le lourd marchepied se déployer avec fracas ; la foule s'engouffrait à la porte des théâtres, je regardais les lumières briller dans le brouillard et, au-dessus, le ciel tout noir sans étoiles ; au coin d'une rue, un joueur d'orgue jouait, des enfants en guenilles chantaient, un marchand de fruits poussait sa charrette, éclairée d'un falot rouge ; les cafés étaient pleins de bruit, les glaces étincelaient sous le feu des becs de gaz, les couteaux retentissaient sur les tables de marbre ; à la porte les pauvres, en grelottant, se haussaient pour voir les riches manger, je me mêlais à eux et, d'un regard pareil, je contemplais les heureux de la vie ; je jalousais leur joie banale, car il y a des jours où l'on est si triste que l'on voudrait se faire plus triste encore, on s'enfonce à plaisir dans le désespoir comme dans une route facile, on a le cœur tout gonflé de larmes et l'on s'excite à pleurer. J'ai souvent souhaité d'être misérable et de porter des haillons, d'être tourmenté de la faim, de sentir le sang couler d'une blessure, d'avoir une haine et de chercher à me venger.

Quelle est donc cette douleur inquiète, dont on est fier comme du génie et que l'on cache comme un amour ? vous ne la dites à personne, vous la gardez pour vous seul, vous l'étreignez sur votre poitrine avec des baisers pleins de larmes. De quoi se plaindre pourtant ? et qui vous rend si sombre à l'âge où tout sourit ? n'avez-vous pas des amis tout dévoués ? une famille dont vous faites l'orgueil, des bottes vernies, un paletot ouaté, etc. ? Rhapsodies poétiques, souvenirs de mauvaises lectures, hyperboles de rhétorique, que toutes ces grandes douleurs sans nom, mais le bonheur aussi ne serait-il pas une métaphore inventée un jour d'ennui ? J'en ai longtemps douté, aujourd'hui je n'en doute plus.

Je n'ai rien aimé et j'aurais voulu tant aimer ! il me faudra mourir sans avoir rien goûté de bon. À l'heure qu'il est, même la vie humaine m'offre encore mille aspects que j'ai à peine entrevus : jamais, seulement, au bord d'une source vive et sur un cheval haletant, je n'ai entendu le son du cor au fond des bois ; jamais non plus, par une nuit douce et respirant l'odeur des roses, je n'ai senti une main frémir dans la mienne et la saisir en silence. Ah ! je suis plus vide, plus creux, plus triste qu'un tonneau défoncé dont on a tout bu, et où les araignées jettent leurs toiles dans l'ombre.

Ce n'était point la douleur de René[1] ni l'immensité céleste de ses ennuis, plus beaux et plus argentés que les rayons de la lune ; je n'étais point chaste comme Werther[2] ni débauché comme Don Juan[3] ; je n'étais, pour tout, ni assez pur ni assez fort[4].

J'étais donc, ce que vous êtes tous, un certain homme, qui vit, qui dort, qui mange, qui boit, qui pleure, qui rit, bien renfermé en lui-même, et retrouvant en lui, partout où il se transporte, les mêmes

---

1. Le héros du livre du même nom publié en 1802 par Chateaubriand, et manifeste de la première génération des romantiques français.   2. Premier en date des jeunes désespérés du romantisme européen, puisque Goethe publie *Les Souffrances du jeune Werther* en 1774. Ce roman par lettres se termine par le suicide du héros, devant un amour impossible.   3. Il ne s'agit pas du héros de Molière ni même de Mozart, mais de la version romantique qu'en donne Byron et dont la publication est contemporaine de l'écriture de *Novembre* (1819-1824).   4. Cette impuissance du narrateur à s'égaler à ses grands modèles est à comparer avec la réaction de Flaubert à une lettre de Louise Colet : « J'ai même été indigné que tu aies comparé ce livre à *René*. Ça m'a semblé une profanation. » Si *Novembre* est un pastiche, ça n'est donc certainement pas des « grands » romantiques. Cf. dans la même lettre : « Nous nous élevons avec Byron ou Virgile... »

ruines d'espérances sitôt abattues qu'élevées, la même poussière de choses broyées, les mêmes sentiers mille fois parcourus, les mêmes profondeurs inexplorées, épouvantables et ennuyeuses. N'êtes-vous pas las comme moi de vous réveiller tous les matins et de revoir le soleil ? las de vivre de la même vie, de souffrir de la même douleur ? las de désirer et las d'être dégoûté ? las d'attendre et las d'avoir ?

À quoi bon écrire ceci ? pourquoi continuer, de la même voix dolente, le même récit funèbre ? Quand je l'ai commencé, je le savais beau, mais à mesure que j'avance, mes larmes me tombent sur le cœur et m'éteignent la voix.

Oh ! le pâle soleil d'hiver ! il est triste comme un souvenir heureux. Nous sommes entourés d'ombre, regardons notre foyer brûler ; les charbons étalés sont couverts de grandes lignes noires entrecroisées, qui semblent battre comme des veines animées d'une autre vie ; attendons la nuit venir.

Rappelons-nous nos beaux jours, les jours où nous étions gais, où nous étions plusieurs, où le soleil brillait, où les oiseaux cachés chantaient après la pluie, les jours où nous nous sommes promenés dans le jardin ; le sable des allées était mouillé, les corolles des roses étaient tombées dans les plates-bandes, l'air embaumait. Pourquoi n'avons-nous pas assez senti notre bonheur quand il nous a passé par les mains ? il eût fallu, ces jours-là, ne penser qu'à le goûter et savourer longuement chaque minute, afin qu'elle s'écoulât plus lente ; il y a même des jours qui ont passé comme d'autres, et dont je me ressouviens délicieusement. Une fois, par exemple, c'était l'hiver, il faisait très froid, nous sommes rentrés de promenade, et comme nous étions peu, on nous a laissés nous mettre autour du poêle ; nous nous sommes chauffés à l'aise, nous faisions rôtir nos morceaux de pain avec nos règles, le tuyau bourdonnait ; nous causions de mille choses : des pièces que nous avions vues, des femmes que nous aimions, de notre sortie du collège, de ce que nous ferions quand nous serions grands, etc. Une autre fois, j'ai passé tout l'après-midi couché sur le dos, dans un champ où il y avait des petites marguerites qui sortaient de l'herbe ; elles étaient jaunes, rouges, elles disparaissaient dans la verdure du pré, c'était un tapis de nuances infinies ; le ciel pur était couvert de petits nuages blancs qui ondulaient comme des vagues rondes ; j'ai regardé le soleil à travers mes mains appuyées sur ma figure, il dorait le bord de mes doigts et rendait ma chair rose, je fermais exprès les yeux pour voir sous mes paupières de grandes taches vertes avec des franges d'or. Et un soir, je ne sais plus quand, je m'étais endormi au pied d'un mulon ; quand je me suis réveillé, il faisait nuit, les étoiles brillaient, palpitaient, les meules de foin avançaient leur ombre derrière elles, la lune avait une belle figure d'argent.

Comme tout cela est loin ! est-ce que je vivais dans ce temps-là ? était-ce bien moi ? est-ce moi maintenant ? Chaque minute de ma vie se trouve tout à coup séparée de l'autre par un abîme, entre hier et aujourd'hui il y a pour moi une éternité qui m'épouvante, chaque jour il me semble que je n'étais pas si misérable la veille et, sans pouvoir dire ce que j'avais de plus, je sens bien que je m'appauvris et que l'heure qui arrive m'emporte quelque chose, étonné seulement d'avoir encore dans le cœur place pour la souffrance ; mais le cœur de l'homme est inépuisable pour la tristesse : un ou deux bonheurs le remplissent, toutes les misères de l'humanité peuvent s'y donner rendez-vous et y vivre comme des hôtes.

Si vous m'aviez demandé ce qu'il me fallait, je n'aurais su que répondre, mes désirs n'avaient point d'objet, ma tristesse n'avait pas de cause immédiate ; ou plutôt, il y avait tant de buts et tant de causes que je n'aurais su en dire aucun. Toutes les passions entraient en moi et ne pouvaient en sortir, s'y trouvaient à l'étroit ; elles s'enflammaient les unes les autres, comme par des miroirs concentriques : modeste, j'étais plein d'orgueil ; vivant dans la solitude, je rêvais la gloire ; retiré du monde, je brûlais d'y paraître, d'y briller ; chaste, je m'abandonnais, dans mes rêves du jour et de la nuit, aux luxures les plus effrénées, aux voluptés les plus féroces. La vie que je refoulais en moi-même se contractait au cœur et le serrait à l'étouffer.

Quelquefois, n'en pouvant plus, dévoré de passions sans bornes, plein de la lave ardente qui coulait de mon âme, aimant d'un amour furieux des choses sans nom, regrettant des rêves magnifiques, tenté par toutes les voluptés de la pensée, aspirant à moi toutes les poésies, toutes les harmonies, et écrasé sous le poids de mon cœur et de mon orgueil, je tombais anéanti dans un abîme de douleurs, le sang me fouettait la figure, mes artères m'étourdissaient, ma poitrine semblait rompre, je ne voyais plus rien, je ne sentais plus rien, j'étais ivre, j'étais fou, je m'imaginais être grand, je m'imaginais contenir une incarnation suprême, dont la révélation eût émerveillé le monde, et ses déchirements, c'était la vie même du dieu que je portais dans mes entrailles. À ce dieu magnifique j'ai immolé toutes les heures de ma jeunesse ; j'avais fait de moi-même un temple pour contenir quelque chose de divin, le temple est resté vide, l'ortie a poussé entre les pierres, les piliers s'écroulent, voilà les hiboux qui y font leurs nids. N'usant pas de l'existence, l'existence m'usait, mes rêves me fatiguaient plus que de grands travaux ; une création entière, immobile, irrévélée à elle-même, vivait sourdement sous ma vie ; j'étais un chaos dormant de mille principes féconds qui ne savaient comment se manifester ni que faire d'eux-mêmes, ils cherchaient leurs formes et attendaient leur moule.

J'étais, dans la variété de mon être, comme une

immense forêt de l'Inde, où la vie palpite dans chaque
atome et apparaît, monstrueuse ou adorable, sous
chaque rayon de soleil ; l'azur est rempli de parfums
et de poisons, les tigres bondissent, les éléphants mar-
chent fièrement comme des pagodes vivantes, les
dieux, mystérieux et difformes, sont cachés dans le
creux des cavernes parmi de grands monceaux d'or ;
et au milieu, coule le large fleuve, avec des crocodiles
béants qui font claquer leurs écailles dans le lotus du
rivage, et ses îles de fleurs que le courant entraîne avec
des troncs d'arbres et des cadavres verdis par la peste.
J'aimais pourtant la vie, mais la vie expansive,
radieuse, rayonnante ; je l'aimais dans le galop furieux
des coursiers, dans le scintillement des étoiles, dans le
mouvement des vagues qui courent vers le rivage ; je
l'aimais dans le battement des belles poitrines nues,
dans le tremblement des regards amoureux, dans la
vibration des cordes du violon, dans le frémissement
des chênes, dans le soleil couchant, qui dore les vitres
et fait penser aux balcons de Babylone où les reines se
tenaient accoudées et regardant l'Asie [1].

Et au milieu de tout je restais sans mouvement ;
entre tant d'actions que je voyais, que j'excitais même,
je restais inactif, aussi inerte qu'une statue entourée
d'un essaim de mouches qui bourdonnent à ses oreilles
et qui courent sur son marbre.

Oh ! comme j'aurais aimé si j'avais aimé, si j'avais
pu concentrer sur un seul point toutes ces forces diver-
gentes qui retombaient sur moi ! Quelquefois, à tout
prix je voulais trouver une femme, je voulais l'aimer,
elle contenait tout pour moi, j'attendais tout d'elle,
c'était mon soleil de poésie, qui devait faire éclore

---

1. Babylone était célèbre dans l'Antiquité pour ses jardins suspendus, l'une des sept merveilles du monde. L'Orient antique fait
partie de l'imaginaire romantique : cf. *Itinéraire de Paris à Jérusa-
lem* de Chateaubriand, et le voyage effectué par Flaubert en 1849-
1851.

toute fleur et resplendir toute beauté ; je me promettais un amour divin, je lui donnais d'avance une auréole à m'éblouir, et la première qui venait à ma rencontre, au hasard, dans la foule, je lui vouais mon âme, et je la regardais de manière à ce qu'elle me comprît bien, à ce qu'elle pût lire dans ce seul regard tout ce que j'étais, et m'aimer. Je plaçais ma destinée dans ce hasard, mais elle passait comme les autres, comme les précédentes, comme les suivantes, et ensuite je retombais, plus délabré qu'une voile déchirée trempée par l'orage.

Après de tels accès la vie se rouvrait pour moi dans l'éternelle monotonie de ses heures qui coulent et de ses jours qui reviennent, j'attendais le soir avec impatience, je comptais combien il m'en restait encore pour atteindre à la fin du mois, je souhaitais d'être à la saison prochaine, j'y voyais sourire une existence plus douce. Quelquefois, pour secouer ce manteau de plomb qui me pesait sur les épaules, m'étourdir de sciences et d'idées, je voulais travailler, lire ; j'ouvrais un livre, et puis deux, et puis dix, et, sans avoir lu deux lignes d'un seul, je les rejetais avec dégoût et je me remettais à dormir dans le même ennui.

Que faire ici-bas ? qu'y rêver ? qu'y bâtir ? dites-le-moi donc, vous que la vie amuse, qui marchez vers un but et vous tourmentez pour quelque chose !

Je ne trouvais rien qui fût digne de moi, je ne me trouvais également propre à rien. Travailler, tout sacrifier à une idée, à une ambition, ambition misérable et triviale, avoir une place, un nom ? après ? à quoi bon ? Et puis je n'aimais pas la gloire, la plus retentissante ne m'eût point satisfait parce qu'elle n'eût jamais atteint à l'unisson de mon cœur.

Je suis né avec le désir de mourir. Rien ne me paraissait plus sot que la vie et plus honteux que d'y tenir. Élevé sans religion, comme les hommes de mon âge, je n'avais pas le bonheur sec des athées ni l'insouciance ironique des sceptiques. Par caprice sans doute, si je suis entré quelquefois dans une église, c'était pour écouter l'orgue, pour admirer les statuettes de pierre dans leurs niches ; mais quant au dogme, je n'allais pas jusqu'à lui ; je me sentais bien le fils de Voltaire.

Je voyais les autres gens vivre, mais d'une autre vie que la mienne : les uns croyaient, les autres niaient, d'autres doutaient, d'autres enfin ne s'occupaient pas du tout de tout ça et faisaient leurs affaires, c'est-à-dire vendaient dans leurs boutiques, écrivaient leurs livres ou criaient dans leur chaire ; c'était là ce qu'on appelle l'humanité, surface mouvante de méchants, de lâches, d'idiots et de laids. Et moi j'étais dans la foule, comme une algue arrachée sur l'Océan, perdue au milieu des flots sans nombre qui roulaient, qui m'entouraient et qui bruissaient.

J'aurais voulu être empereur pour la puissance absolue, pour le nombre des esclaves, pour les armées éperdues d'enthousiasme ; j'aurais voulu être femme pour la beauté, pour pouvoir m'admirer moi-même, me mettre nue, laisser retomber ma chevelure sur mes talons et me mirer dans les ruisseaux. Je me perdais à plaisir dans des songeries sans limites, je m'imaginais assister à de belles fêtes antiques, être roi des Indes et aller à la chasse sur un éléphant blanc, voir des danses ioniennes, écouter le flot grec sur les marches d'un temple, entendre les brises des nuits dans les lauriers-roses de mes jardins, fuir avec Cléopâtre sur ma galère antique [1]. Ah ! folies que tout cela ! malheur à la glaneuse qui laisse là sa besogne et lève la tête pour voir les berlines passer sur la grande route ! En se remettant à l'ouvrage, elle rêvera de cachemires et d'amours de princes, ne trouvera plus d'épi et rentrera sans avoir fait sa gerbe.

Il eût mieux valu faire comme tout le monde, ne

---

1. Cf. note 1 de la p. 44.

prendre la vie ni trop au sérieux ni trop au grotesque, choisir un métier et l'exercer, saisir sa part du gâteau commun et le manger en disant qu'il est bon, que de suivre le triste chemin où j'ai marché tout seul ; je ne serais pas à écrire ceci ou c'eût été une autre histoire. À mesure que j'avance, elle se confond même pour moi, comme les perspectives que l'on voit de trop loin, car tout passe, même le souvenir de nos larmes les plus brûlantes, de nos rires les plus sonores ; bien vite l'œil se sèche et la bouche reprend son pli ; je n'ai plus maintenant que la réminiscence d'un long ennui qui a duré plusieurs hivers, passés à bâiller, à désirer ne plus vivre.

C'est peut-être pour tout cela que je me suis cru poète ; aucune des misères ne m'a manqué, hélas ! comme vous voyez. Oui, il m'a semblé autrefois que j'avais du génie, je marchais le front rempli de pensées magnifiques, le style coulait sous ma plume comme le sang dans mes veines ; au moindre froissement du beau, une mélodie pure montait en moi, ainsi que ces voix aériennes, sons formés par le vent, qui sortent des montagnes ; les passions humaines auraient vibré merveilleusement si je les avais touchées, j'avais dans la tête des drames tout faits, remplis de scènes furieuses et d'angoisses non révélées ; depuis l'enfant dans son berceau jusqu'au mort dans sa bière, l'humanité résonnait en moi avec tous ses échos ; parfois des idées gigantesques me traversaient tout à coup l'esprit, comme, l'été, ces grands éclairs muets qui illuminent une ville entière, avec tous les détails de ses édifices et les carrefours de ses rues. J'en étais ébranlé, ébloui ; mais quand je retrouvais chez d'autres les pensées et jusqu'aux formes mêmes que j'avais conçues, je tombais, sans transition, dans un découragement sans fond ; je m'étais cru leur égal et je n'étais plus que leur copiste [1] ! Je passais alors de l'enivrement du génie au

---

1. Cette phrase permet de comprendre que Flaubert ne souhaite pas être comparé à ses grands modèles.

sentiment désolant de la médiocrité, avec toute la rage
des rois détrônés et tous les supplices de la honte. Dans
de certains jours, j'aurais juré être né pour la Muse,
d'autres fois je me trouvais presque idiot ; et toujours
passant ainsi de tant de grandeur à tant de bassesse,
j'ai fini, comme les gens souvent riches et souvent
pauvres dans leur vie, par être et par rester misérable.

Dans ce temps-là, chaque matin en m'éveillant, il
me semblait qu'il allait s'accomplir, ce jour-là, quelque
grand événement ; j'avais le cœur gonflé d'espérance,
comme si j'eusse attendu d'un pays lointain une car-
gaison de bonheur ; mais, la journée avançant, je perdais tout courage ; au crépuscule surtout, je voyais bien
qu'il ne viendrait rien. Enfin la nuit arrivait et je me
couchais.

De lamentables harmonies s'établissaient entre la
nature physique et moi. Comme mon cœur se serrait
quand le vent sifflait dans les serrures, quand les réverbères jetaient leur lueur sur la neige, quand j'entendais
les chiens aboyer après la lune !

Je ne voyais rien à quoi me raccrocher, ni le monde,
ni la solitude, ni la poésie, ni la science, ni l'impiété,
ni la religion ; j'errais entre tout cela, comme les âmes
dont l'enfer ne veut pas et que le paradis repousse.
Alors je me croisais les bras, me regardant comme un
homme mort, je n'étais plus qu'une momie embaumée
dans ma douleur ; la fatalité, qui m'avait courbé dès
ma jeunesse, s'étendait pour moi sur le monde entier,
je la regardais se manifester dans toutes les actions
des hommes aussi universellement que le soleil sur la
surface de la terre, elle me devint une atroce divinité,
que j'adorais comme les Indiens adorent le colosse
ambulant qui leur passe sur le ventre ; je me complai-
sais dans mon chagrin, je ne faisais plus d'effort pour
en sortir, je le savourais même, avec la joie désespérée
du malade qui gratte sa plaie et se met à rire quand il
a du sang aux ongles.

Il me prit contre la vie, contre les hommes, contre tout, une rage sans nom. J'avais dans le cœur des trésors de tendresse, et je devins plus féroce que les tigres ; j'aurais voulu anéantir la création et m'endormir avec elle dans l'infini du néant ; que ne me réveillais-je à la lueur des villes incendiées ! J'aurais voulu entendre le frémissement des ossements que la flamme fait pétiller, traverser des fleuves chargés de cadavres, galoper sur des peuples courbés et les écraser des quatre fers de mon cheval, être Gengiskan, Tamerlan, Néron, effrayer le monde au froncement de mes sourcils.

Autant j'avais eu d'exaltations et de rayonnements, autant je me renfermai et me roulai sur moi-même. Depuis longtemps déjà j'ai séché mon cœur, rien de nouveau n'y entre plus, il est vide comme les tombeaux où les morts se sont pourris. J'avais pris le soleil en haine, j'étais excédé du bruit des fleuves, de la vue des bois, rien ne me semblait sot comme la campagne ; tout s'assombrit et se rapetissa, je vécus dans un crépuscule perpétuel.

Quelquefois je me demandais si je ne me trompais pas ; j'alignais ma jeunesse, mon avenir, mais quelle pitoyable jeunesse, quel avenir vide !

Quand je voulais sortir du spectacle de ma misère et regarder le monde, ce que j'en pouvais voir c'étaient des hurlements, des cris, des larmes, des convulsions, la même comédie revenant perpétuellement avec les mêmes acteurs ; et il y a des gens, me disais-je, qui étudient tout cela et se remettent à la tâche tous les matins ! Il n'y avait plus qu'un grand amour qui eût pu me tirer de là, mais je regardais cela comme quelque chose qui n'est pas de ce monde, et je regrettai amèrement tout le bonheur que j'avais rêvé.

Alors la mort m'apparut belle. Je l'ai toujours aimée ; enfant, je la désirais seulement pour la connaître, pour savoir qu'est-ce qu'il y a dans le tom-

beau et quels songes a ce sommeil ; je me souviens
avoir souvent gratté le vert-de-gris de vieux sous pour
m'empoisonner, essayé d'avaler des épingles, m'être
approché de la lucarne d'un grenier pour me jeter dans
la rue... Quand je pense que presque tous les enfants
font de même, qu'ils cherchent à se suicider dans leurs
jeux, ne dois-je pas conclure que l'homme, quoi qu'il
en dise, aime la mort d'un amour dévorant ? il lui
donne tout ce qu'il crée, il en sort et il y retourne, il
ne fait qu'y songer tant qu'il vit, il en a le germe dans
le corps, le désir dans le cœur.

Il est si doux de se figurer qu'on n'est plus ! il fait
si calme dans tous les cimetières ! là, tout étendu et
roulé dans le linceul et les bras en croix sur la poitrine,
les siècles passent sans plus vous éveiller que le vent
qui passe sur l'herbe. Que de fois j'ai contemplé, dans
les chapelles des cathédrales, ces longues statues de
pierre couchées sur les tombeaux ! leur calme est si
profond que la vie ici-bas n'offre rien de pareil ; ils
ont, sur leur lèvre froide, comme un sourire monté du
fond du tombeau, on dirait qu'ils dorment, qu'ils
savourent la mort. N'avoir plus besoin de pleurer, ne
plus sentir de ces défaillances où il semble que tout
se rompt, comme des échafaudages pourris, c'est là le
bonheur au-dessus de tous les bonheurs, la joie sans
lendemain, le rêve sans réveil. Et puis on va peut-être
dans un monde plus beau, par delà les étoiles, où l'on
vit de la vie de la lumière et des parfums ; l'on est
peut-être quelque chose de l'odeur des roses et de la
fraîcheur des prés ! Oh ! non, non, j'aime mieux croire
que l'on est bien mort tout à fait, que rien ne sort du
cercueil ; et s'il faut encore sentir quelque chose, que
ce soit son propre néant, que la mort se repaisse d'elle-
même et s'admire ; assez de vie juste pour sentir que
l'on n'est plus.

Et je montais au haut des tours, je me penchais sur
l'abîme, j'attendais le vertige venir, j'avais une incon-

cevable envie de m'élancer, de voler dans l'air, de me
dissiper avec les vents ; je regardais la pointe des poi-
gnards, la gueule des pistolets, je les appuyais sur mon
front, je m'habituais au contact de leur froid et de leur
pointe ; d'autres fois, je regardais les rouliers [1] tournant
à l'angle des rues et l'énorme largeur des roues broyer
la poussière sur le pavé ; je pensais que ma tête serait
ainsi bien écrasée, pendant que les chevaux iraient au
pas. Mais je n'aurais pas voulu être enterré, la bière
m'épouvante ; j'aimerais plutôt être déposé sur un lit
de feuilles sèches, au fond des bois, et que mon corps
s'en allât petit à petit au bec des oiseaux et aux pluies
d'orage.

Un jour, à Paris, je me suis arrêté longtemps sur le
Pont-Neuf ; c'était l'hiver, la Seine charriait, de gros
glaçons ronds descendaient lentement le courant et se
fracassaient sous les arches, le fleuve était verdâtre ;
j'ai songé à tous ceux qui étaient venus là pour en finir.
Combien de gens avaient passé à la place où je me
tenais alors, courant la tête levée à leurs amours ou à
leurs affaires, et qui y étaient revenus, un jour, marchant à petits pas, palpitant à l'approche de mourir !
ils se sont approchés du parapet, ils ont monté dessus,
ils ont sauté. Oh ! que de misères ont fini là, que de
bonheurs y ont commencé ! Quel tombeau froid et
humide ! comme il s'élargit pour tous ! comme il y en
a dedans ! ils sont là tous, au fond, roulant lentement
avec leurs faces crispées et leurs membres bleus, chacun de ces flots glacés les emporte dans leur sommeil
et les traîne doucement à la mer.

Quelquefois les vieillards me regardaient avec envie,
ils me disaient que j'étais heureux d'être jeune, que
c'était là le bel âge, leurs yeux caves admiraient mon
front blanc, ils se rappelaient leurs amours et me les
contaient ; mais je me suis souvent demandé si, dans

---

1. « Voiturier qui transportait des marchandises sur un chariot »
(cf. Le Robert).

leur temps, la vie était plus belle, et comme je ne voyais rien en moi que l'on pût envier, j'étais jaloux de leurs regrets, parce qu'ils cachaient des bonheurs que je n'avais pas eus. Et puis c'étaient des faiblesses d'homme en enfance à faire pitié ! je riais doucement et pour presque rien comme les convalescents. Quelquefois je me sentais pris de tendresse pour mon chien, et je l'embrassais avec ardeur ; ou bien j'allais dans une armoire revoir quelque vieil habit de collège, et je songeais à la journée où je l'avais étrenné, aux lieux où il avait été avec moi, et je me perdais en souvenirs sur tous mes jours vécus. Car les souvenirs sont doux, tristes ou gais, n'importe ! et les plus tristes sont encore les plus délectables pour nous, ne résument-ils pas l'infini ? l'on épuise quelquefois des siècles à songer à une certaine heure qui ne reviendra plus, qui a passé, qui est au néant pour toujours, et que l'on rachèterait par tout l'avenir.

Mais ces souvenirs-là sont des flambeaux clairsemés dans une grande salle obscure, ils brillent au milieu des ténèbres ; il n'y a que dans leur rayonnement que l'on y voit, ce qui est près d'eux resplendit, tandis que tout le reste est plus noir, plus couvert d'ombres et d'ennui.

Avant d'aller plus loin, il faut que je vous raconte ceci :

Je ne me rappelle plus bien l'année, c'était pendant une vacance [1], je me suis réveillé de bonne humeur et j'ai regardé par la fenêtre. Le jour venait, la lune toute blanche remontait dans le ciel ; entre les gorges des collines, des vapeurs grises et rosées fumaient doucement et se perdaient dans l'air ; les poules de la basse-cour chantaient. J'ai entendu derrière la maison, dans le chemin qui conduit aux champs, une charrette passer, dont les roues claquaient dans les ornières, les

---

1. On employait alors le singulier. De *vacant*, état de ce qui est oisif.

faneurs allaient à l'ouvrage ; il y avait de la rosée sur la haie, le soleil brillait dessus, on sentait l'eau et l'herbe.

Je suis sorti et je m'en suis allé à X... ; j'avais trois lieues à faire, je me suis mis en route, seul, sans bâton, sans chien. J'ai d'abord marché dans les sentiers qui serpentent entre les blés, j'ai passé sous des pommiers, au bord des haies ; je ne songeais à rien, j'écoutais le bruit de mes pas, la cadence de mes mouvements me berçait la pensée. J'étais libre, silencieux et calme, il faisait chaud ; de temps à autre je m'arrêtais, mes tempes battaient, le cri-cri chantait dans les chaumes, et je me remettais à marcher. J'ai passé dans un hameau où il n'y avait personne, les cours étaient silencieuses, c'était, je crois, un dimanche ; les vaches, assises dans l'herbe, à l'ombre des arbres, ruminaient tranquillement, remuant leurs oreilles pour chasser les moucherons. Je me souviens que j'ai marché dans un chemin où un ruisseau coulait sur les cailloux, des lézards verts et des insectes aux ailes d'or montaient lentement le long des rebords de la route, qui était enfoncée et toute couverte par le feuillage.

Puis je me suis trouvé sur un plateau, dans un champ fauché ; j'avais la mer devant moi, elle était toute bleue, le soleil répandait dessus une profusion de perles lumineuses, des sillons de feu s'étendaient sur les flots ; entre le ciel azuré et la mer plus foncée, l'horizon rayonnait, flamboyait ; la voûte commençait sur ma tête et s'abaissait derrière les flots, qui remontaient vers elle, faisant comme le cercle d'un infini invisible. Je me suis couché dans un sillon et j'ai regardé le ciel, perdu dans la contemplation de sa beauté.

Le champ où j'étais était un champ de blé, j'entendais les cailles, qui voltigeaient autour de moi et venaient s'abattre sur des mottes de terre ; la mer était douce, et murmurait plutôt comme un soupir que comme une voix ; le soleil lui-même semblait avoir son bruit, il inondait tout, ses rayons me brûlaient les membres, la terre me renvoyait sa chaleur, j'étais noyé dans sa lumière, je fermais les yeux et je la voyais encore. L'odeur des vagues montait jusqu'à moi, avec la senteur du varech et des plantes marines ; quelquefois elles paraissaient s'arrêter ou venaient mourir sans bruit sur le rivage festonné d'écume, comme une lèvre dont le baiser ne sonne point. Alors, dans le silence de deux vagues, pendant que l'Océan gonflé se taisait, j'écoutais le chant des cailles un instant, puis le bruit des flots recommençait, et après, celui des oiseaux.

Je suis descendu en courant au bord de la mer, à travers les terrains éboulés que je sautais d'un pied sûr, je levais la tête avec orgueil, je respirais fièrement la brise fraîche, qui séchait mes cheveux en sueur ; l'esprit de Dieu me remplissait, je me sentais le cœur grand, j'adorais quelque chose d'un étrange mouvement, j'aurais voulu m'absorber dans la lumière du soleil et me perdre dans cette immensité d'azur, avec l'odeur qui s'élevait de la surface des flots ; et je fus pris alors d'une joie insensée [1], et je me mis à marcher comme si tout le bonheur des cieux m'était entré dans l'âme. Comme la falaise s'avançait en cet endroit-là, toute la côte disparut et je ne vis plus rien que la mer : les lames montaient sur le galet jusqu'à mes pieds, elles écumaient sur les rochers à fleur d'eau, les battaient en cadence, les enlaçaient comme des bras liquides et des nappes limpides, en retombant illuminées d'une couleur bleue ; le vent en soulevait les mousses autour de moi et ridait les flaques d'eau restées dans le creux des pierres, les varechs pleuraient et se berçaient, encore agités du mouvement de la vague qui les avait quittés ; de temps à autre une mouette passait avec de grands battements d'ailes, et montait jusqu'au haut de la falaise. À mesure que la mer se retirait, et que son bruit s'éloignait ainsi qu'un refrain

---

1. Expression de bonheur panthéiste : Dieu est partout dans la nature.

qui expire, le rivage s'avançait vers moi, laissant à découvert sur le sable les sillons que la vague avait tracés. Et je compris alors tout le bonheur de la création et toute la joie que Dieu y a placée pour l'homme ; la nature m'apparut belle comme une harmonie complète, que l'extase seule doit entendre ; quelque chose de tendre comme un amour et de pur comme la prière s'éleva pour moi du fond de l'horizon, s'abattit de la cime des rocs déchirés, du haut des cieux ; il se forma, du bruit de l'Océan, de la lumière du jour, quelque chose d'exquis que je m'appropriai comme d'un domaine céleste, je m'y sentis vivre heureux et grand, comme l'aigle qui regarde le soleil et monte dans ses rayons.

Alors tout me sembla beau sur la terre, je n'y vis plus de disparate ni de mauvais ; j'aimai tout, jusqu'aux pierres qui me fatiguaient les pieds, jusqu'aux rochers durs où j'appuyais les mains, jusqu'à cette nature insensible que je supposais m'entendre et m'aimer, et je songeai alors combien il était doux de chanter, le soir, à genoux, des cantiques au pied d'une madone qui brille aux candélabres, et d'aimer la Vierge Marie, qui apparaît aux marins, dans un coin du ciel, tenant le doux Enfant Jésus dans ses bras.

Puis ce fut tout ; bien vite je me rappelai que je vivais, je revins à moi, je me mis en marche, sentant que la malédiction[1] me reprenait, que je rentrais dans l'humanité ; la vie m'était revenue, comme aux membres gelés, par le sentiment de la souffrance, et de même que j'avais un inconcevable bonheur, je tombai dans un découragement sans nom, et j'allai à X...

Je revins le soir chez nous, je repassai par les mêmes chemins, je revis sur le sable la trace de mes pieds et dans l'herbe la place où je m'étais couché, il me sembla que j'avais rêvé. Il y a des jours où l'on a vécu

---

1. Le héros romantique est poursuivi par un sort funeste qui fait son désespoir mais qui le distingue également du reste des mortels.

deux existences, la seconde déjà n'est plus que le souvenir de la première, et je m'arrêtais souvent dans mon
chemin devant un buisson, devant un arbre, au coin
d'une route, comme si là, le matin, il s'était passé
quelque événement de ma vie.

Quand j'arrivai à la maison, il faisait presque nuit,
on avait fermé les portes, et les chiens se mirent à
aboyer.

Les idées de volupté et d'amour qui m'avaient
assailli à 15 ans vinrent me retrouver à 18. Si vous
avez compris quelque chose à ce qui précède, vous
devez vous rappeler qu'à cet âge-là j'étais encore
vierge et n'avais point aimé : pour ce qui était de la
beauté des passions et de leurs bruits sonores, les
poètes me fournissaient des thèmes à ma rêverie ;
quant au plaisir des sens, à ces joies du corps que les
adolescents convoitent, j'en entretenais dans mon cœur
le désir incessant, par toutes les excitations volontaires
de l'esprit ; de même que les amoureux envient de
venir à bout de leur amour en s'y livrant sans cesse, et
de s'en débarrasser à force d'y songer, il me semblait
que ma pensée seule finirait par tarir ce sujet-là, d'elle-
même, et par vider la tentation à force d'y boire. Mais,
revenant toujours au point d'où j'étais parti, je tournais
dans un cercle infranchissable, je m'y heurtais en vain
la tête, désireux d'être plus au large ; la nuit, sans
doute, je rêvais des plus belles choses qu'on rêve, car,
le matin, j'avais le cœur plein de sourires et de serre-
ments délicieux, le réveil me chagrinait et j'attendais
avec impatience le retour du sommeil pour qu'il me
donnât de nouveau ces frémissements auxquels je pensais toute la journée, qu'il n'eût tenu qu'à moi d'avoir
à l'instant, et dont j'éprouvais comme une épouvante
religieuse.

C'est alors que je sentis bien le démon de la chair
vivre dans tous les muscles de mon corps, courir dans

tout mon sang ; je pris en pitié l'époque ingénue où je tremblais sous les regards des femmes, où je me pâmais devant des tableaux ou des statues ; je voulais vivre, jouir, aimer, je sentais vaguement ma saison chaude arriver, de même qu'aux premiers jours de soleil une ardeur d'été vous est apportée par les vents tièdes, quoiqu'il n'y ait encore ni herbes, ni feuilles, ni roses. Comment faire ? qui aimer ? qui vous aimera ? quelle sera la grande dame qui voudra de vous ? la beauté surhumaine qui vous tendra les bras ? Qui dira toutes les promenades tristes que l'on fait seul au bord des ruisseaux, tous les soupirs des cœurs gonflés partis vers les étoiles, pendant les chaudes nuits où la poitrine étouffe !

Rêver l'amour, c'est tout rêver, c'est l'infini dans le bonheur, c'est le mystère dans la joie. Avec quelle ardeur le regard vous dévore, avec quelle intensité il se darde sur vos têtes, ô belles femmes triomphantes ! La grâce et la corruption respirent dans chacun de vos mouvements, les plis de vos robes ont des bruits qui nous remuent jusqu'au fond de nous, et il émane de la surface de tout votre corps quelque chose qui nous tue et nous enchante.

Il y eut dès lors pour moi un mot qui sembla beau entre les mots humains : adultère, une douceur exquise plane vaguement sur lui, une magie singulière l'embaume ; toutes les histoires qu'on raconte, tous les livres qu'on lit, tous les gestes qu'on fait le disent et le commentent éternellement pour le cœur du jeune homme, il s'en abreuve à plaisir, il y trouve une poésie suprême, mêlée de malédiction et de volupté.

C'était surtout aux approches du printemps, quand les lilas commencent à fleurir et les oiseaux à chanter sous les premières feuilles, que je me sentais le cœur pris du besoin d'aimer, de se fondre tout entier dans l'amour, de s'absorber dans quelque doux et grand sentiment, et comme de se récréer même dans la lumière et les parfums. Chaque année encore, pendant quelques heures, je me retrouve ainsi dans une virginité qui me pousse avec les bourgeons ; mais les joies ne refleurissent pas avec les roses, et il n'y a pas maintenant plus de verdure dans mon cœur que sur la grande route, où le hâle fatigue les yeux, où la poussière s'élève en tourbillons.

Cependant, prêt à vous raconter ce qui va suivre, au moment de descendre dans ce souvenir, je tremble et j'hésite ; c'est comme si j'allais revoir une maîtresse d'autrefois : le cœur oppressé, on s'arrête à chaque marche de son escalier, on craint de la retrouver, et on a peur qu'elle soit absente. Il en est de même de certaines idées avec lesquelles on a trop vécu ; on voudrait s'en débarrasser pour toujours, et pourtant elles coulent dans vous comme la vie même, le cœur y respire dans son atmosphère naturelle.

Je vous ai dit que j'aimais le soleil ; dans les jours où il brille, mon âme naguère avait quelque chose de la sérénité des horizons rayonnants et de la hauteur du ciel. C'était donc l'été... ah ! la plume ne devrait pas écrire tout cela... il faisait chaud, je sortis, personne chez moi ne s'aperçut que je sortais ; il y avait peu de monde dans les rues, le pavé était sec, de temps à autre des bouffées chaudes s'exhalaient de dessous terre et vous montaient à la tête, les murs des maisons envoyaient des réflexions embrasées, l'ombre elle-même semblait plus brûlante que la lumière. Au coin des rues, près des tas d'ordures, des essaims de mouches bourdonnaient dans les rayons du soleil, en tournoyant comme une grande roue d'or ; l'angle des toits se détachait vivement en ligne droite sur le bleu du ciel, les pierres étaient noires, il n'y avait pas d'oiseaux autour des clochers.

Je marchais, cherchant du repos, désirant une brise, quelque chose qui pût m'enlever de dessus terre, m'emporter dans un tourbillon.

Je sortis des faubourgs, je me trouvais derrière des jardins, dans des chemins moitié rue moitié sentier ; des jours vifs sortaient çà et là à travers les feuilles des arbres, dans les masses d'ombre les brins d'herbe se tenaient droits, la pointe des cailloux envoyait des rayons, la poussière craquait sous les pieds, toute la nature mordait, et enfin le soleil se cacha ; il parut un gros nuage, comme si un orage allait venir ; la tourmente, que j'avais sentie jusque-là, changea de nature, je n'étais plus si irrité, mais enlacé ; ce n'était plus une déchirure, mais un étouffement.

Je me couchais à terre, sur le ventre, à l'endroit où il me semblait qu'il devait y avoir le plus d'ombre, de silence et de nuit, à l'endroit qui devait me cacher le mieux, et, haletant, je m'y abîmais le cœur dans un désir effréné. Les nuées étaient chargées de mollesse, elles pesaient sur moi et m'écrasaient, comme une poitrine sur une autre poitrine ; je sentais un besoin de volupté, plus chargé d'odeurs que le parfum des clématites et plus cuisant que le soleil sur le mur des jardins. Oh ! que ne pouvais-je presser quelque chose dans mes bras, l'y étouffer sous ma chaleur, ou bien me dédoubler moi-même, aimer cet autre être et nous fondre ensemble. Ce n'était plus le désir d'un vague idéal ni la convoitise d'un beau rêve évanoui, mais, comme aux fleuves sans lit, ma passion débordait de tous côtés en ravins furieux, elle m'inondait le cœur et le faisait retenir partout de plus de tumultes et de vertiges que les torrents dans les montagnes.

J'allai au bord de la rivière, j'ai toujours aimé l'eau et le doux mouvement des vagues qui se poussent ; elle était paisible, les nénufars blancs tremblaient au bruit du courant, les flots se déroulaient lentement, se déployant les uns sur les autres ; au milieu, les îles laissaient retomber dans l'eau leur touffe de verdure, la rive semblait sourire, on n'entendait rien que la voix des ondes.

En cet endroit-là il y avait quelques grands arbres, la fraîcheur du voisinage de l'eau et celle de l'ombre me délecta, je me sentis sourire. De même que la Muse qui est en nous, quand elle écoute l'harmonie, ouvre les narines et aspire les beaux sons, je ne sais quoi se dilata en moi-même pour aspirer une joie universelle ; regardant les nuages qui roulaient au ciel, la pelouse de la rive veloutée et jaunie par les rayons du soleil, écoutant le bruit de l'eau et le frémissement de la cime des arbres, qui remuait quoiqu'il n'y eût pas de vent, seul, agité et calme à la fois, je me sentis défaillir de volupté sous le poids de cette nature aimante, et j'appelai l'amour ! mes lèvres tremblaient, s'avançaient, comme si j'eusse senti l'haleine d'une autre bouche, mes mains cherchaient quelque chose à palper, mes regards tâchaient de découvrir, dans le pli de chaque vague, dans le contour des nuages enflés, une forme quelconque, une jouissance, une révélation ; le désir sortait de tous mes pores, mon cœur était tendre et rempli d'une harmonie contenue, et je remuais les cheveux autour de ma tête, je m'en caressais le visage, j'avais du plaisir à en respirer l'odeur, je m'étalais sur la mousse, au pied des arbres, je souhaitais des langueurs plus grandes ; j'aurais voulu être étouffé sous des roses, j'aurais voulu être brisé sous les baisers, être la fleur que le vent secoue, la rive que le fleuve humecte, la terre que le soleil féconde.

L'herbe était douce à marcher, je marchai ; chaque pas me procurait un plaisir nouveau, et je jouissais par la plante des pieds de la douceur du gazon. Les prairies, au loin, étaient couvertes d'animaux, de chevaux, de poulains ; l'horizon retentissait du bruit des hennissements et de galops, les terrains s'abaissaient et s'élevaient doucement en de larges ondulations qui dérivaient des collines, le fleuve serpentait, disparaissait derrière les îles, apparaissait ensuite entre les herbes et les roseaux. Tout cela était beau, semblait

heureux, suivait sa loi, son cours ; moi seul j'étais
malade et j'agonisais, plein de désir.

Tout à coup je me mis à fuir, je rentrai dans la ville,
je traversai les ponts ; j'allais dans les rues, sur les
places ; les femmes passaient près de moi, il y en avait
beaucoup, elles marchaient vite, elles étaient toutes
merveilleusement belles ; jamais je n'avais tant regardé
en face leurs yeux qui brillent, ni leur démarche légère
comme celle des chèvres ; les duchesses, penchées sur
les portières blasonnées, semblaient me sourire, m'in-
viter à des amours sur la soie ; du haut de leurs balcons, les dames en écharpe s'avançaient pour me voir
et me regardaient en me disant : aime-nous ! aime-
nous ! Toutes m'aimaient dans leur pose, dans leurs
yeux, dans leur immobilité même, je le voyais bien. Et
puis la femme était partout, je la coudoyais, je l'effleu-
rais, je la respirais, l'air était plein de son odeur ; je
voyais son cou en sueur entre le châle qui les entourait,
et les plumes du chapeau ondulant à leur pas ; son talon
relevait sa robe en marchant devant moi. Quand je passais près d'elle, sa main gantée remuait. Ni celle-ci, ni
celle-là, pas plus l'une que l'autre, mais toutes, mais
chacune, dans la variété infinie de leurs formes et du
désir qui y correspondait, elles avaient beau être
vêtues, je les décorais sur-le-champ d'une nudité
magnifique, que je m'étalais sous les yeux, et, bien
vite, en passant aussi près d'elles, j'emportais le plus
que je pouvais d'idées voluptueuses, d'odeurs qui font
tout aimer, de frôlements qui irritent, de formes qui
attirent.

Je savais bien où j'allais, c'était à une maison, dans
une petite rue où souvent j'avais passé pour sentir mon
cœur battre ; elle avait des jalousies vertes, on montait
trois marches, oh ! je savais cela par cœur, je l'avais
regardée bien souvent, m'étant détourné de ma route
rien que pour voir les fenêtres fermées. Enfin, après
une course qui dura un siècle, j'entrai dans cette rue,

je crus suffoquer ; personne ne passait, je m'avançai,
je m'avançai ; je sens encore le contact de la porte que
je poussai de mon épaule, elle céda ; j'avais eu peur
qu'elle ne fût scellée dans la muraille, mais non, elle
tourna sur un gond, doucement, sans faire de bruit.

Je montai un escalier, l'escalier était noir, les
marches usées, elles s'agitaient sous mes pieds ; je
montais toujours, on n'y voyait pas, j'étais étourdi, personne ne me parlait, je ne respirais plus. Enfin j'entrai
dans une chambre, elle me parut grande, cela tenait à
l'obscurité qu'il y faisait ; les fenêtres étaient ouvertes,
mais de grands rideaux jaunes, tombant jusqu'à terre,
arrêtaient le jour, l'appartement était coloré d'un reflet
d'or blafard ; au fond et à côté de la fenêtre de droite,
une femme était assise. Il fallait qu'elle ne m'eût pas
entendu, car elle ne se détourna pas quand j'entrai ; je
restai debout sans avancer, occupé à la regarder.

Elle avait une robe blanche, à manches courtes, elle
se tenait le coude appuyé sur le rebord de la fenêtre,
une main près de la bouche, et semblait regarder par
terre quelque chose de vague et d'indécis ; ses cheveux
noirs, lissés et nattés sur les tempes, reluisaient comme
l'aile d'un corbeau, sa tête était un peu penchée,
quelques petits cheveux de derrière s'échappaient des
autres et frisottaient sur son cou, son grand peigne d'or
recourbé était couronné de grains de corail rouge.

Elle jeta un cri quand elle m'aperçut et se leva par
un bond. Je me sentis d'abord frappé du regard brillant
de ses deux grands yeux ; quand je pus relever mon
front, affaissé sous le poids de ce regard, je vis une
figure d'une adorable beauté : une même ligne droite
partait du sommet de sa tête dans la raie de ses cheveux, passait entre ses grands sourcils arqués, sur son
nez aquilin, aux narines palpitantes et relevées comme
celles des camées antiques, fendait par le milieu sa
lèvre chaude, ombragée d'un duvet bleu, et puis là, le
cou, le cou gras, blanc, rond ; à travers son vêtement

mince, je voyais la forme de ses seins aller et venir au mouvement de sa respiration, elle se tenait ainsi debout, en face de moi, entourée de la lumière du soleil qui passait à travers le rideau jaune et faisait ressortir davantage ce vêtement blanc et cette tête brune.

À la fin elle se mit à sourire, presque de pitié et de douceur, et je m'approchai. Je ne sais ce qu'elle s'était mis aux cheveux, mais elle embaumait, et je me sentis le cœur plus mou et plus faible qu'une pêche qui se fond sous la langue. Elle me dit :

— Qu'avez-vous donc ? venez !

Et elle alla s'asseoir sur un long canapé recouvert de toile grise, adossé à la muraille ; je m'assis près d'elle, elle me prit la main, la sienne était chaude, nous restâmes longtemps nous regardant sans rien dire.

Jamais je n'avais vu une femme de si près, toute sa beauté m'entourait, son bras touchait le mien, les plis de sa robe retombaient sur mes jambes, la chaleur de sa hanche m'embrasait, je sentais par ce contact les ondulations de son corps, je contemplais la rondeur de son épaule et les veines bleues de ses tempes. Elle me dit :

— Eh bien !

— Eh bien ! repris-je d'un air gai, voulant secouer cette fascination qui m'endormait.

Mais je m'arrêtai là, j'étais tout entier à la parcourir des yeux. Sans rien dire, elle me passa un bras autour du corps et m'attira sur elle, dans une muette étreinte. Alors, je l'entourai de mes deux bras et je collai ma bouche sur son épaule, j'y bus avec délices mon premier baiser d'amour, j'y savourais le long désir de ma jeunesse et la volupté trouvée de tous mes rêves, et puis je me renversais le cou en arrière, pour mieux voir sa figure ; ses yeux brillaient, m'enflammaient, son regard m'enveloppait plus que ses bras, j'étais perdu dans son œil, et nos doigts se mêlèrent ensemble ; les siens étaient longs, délicats, ils se tournaient dans ma

main avec des mouvements vifs et subtils, j'aurais pu
les broyer au moindre effort, je les serrais exprès pour
les sentir davantage.

Je ne me souviens plus maintenant de ce qu'elle me
dit ni de ce que je lui répondis, je suis resté ainsi longtemps, perdu, suspendu, balancé dans ce battement de
mon cœur ; chaque minute augmentait mon ivresse, à
chaque moment quelque chose de plus m'entrait dans
l'âme, tout mon corps frissonnait d'impatience, de
désir, de joie ; j'étais grave pourtant, plutôt sombre que
gai, sérieux, absorbé comme dans quelque chose de
divin et de suprême. Avec sa main elle me serrait la
tête sur son cœur, mais légèrement, comme si elle eût
eu peur de me l'écraser sur elle.

Elle ôta sa manche par un mouvement d'épaules, sa
robe se décrocha ; elle n'avait pas de corset, sa chemise
bâillait. C'était une de ces gorges splendides où l'on
voudrait mourir étouffé dans l'amour. Assise sur mes
genoux, elle avait une pose naïve d'enfant qui rêve,
son beau profil se découpait en lignes pures ; un pli
d'une courbe adorable, sous l'aisselle, faisait comme
le sourire de son épaule ; son dos blanc se courbait
un peu, d'une manière fatiguée, et sa robe affaissée
retombait par le bas en larges plis sur le plancher ; elle
levait les yeux au ciel et chantonnait dans ses dents un
refrain triste et langoureux.

Je touchai à son peigne, je l'ôtai, ses cheveux dérou-
lèrent comme une onde, et les longues mèches noires
tressaillirent en tombant sur ses hanches. Je passais
d'abord ma main dessus, et dedans, et dessous ; j'y
plongeais le bras, je m'y baignais le visage, j'étais
navré. Quelquefois je prenais plaisir à les séparer en
deux, par derrière, et à les ramener devant de manière
à lui cacher les seins ; d'autres fois je les réunissais
tous en réseau et je les tirais, pour voir sa tête renversée
en arrière et son cou tendre en avant, elle se laissait
faire comme une morte.

Tout à coup elle se dégagea de moi, dépassa ses pieds de dedans sa robe, et sauta sur le lit avec la prestesse d'une chatte, le matelas s'enfonça sous ses pieds, le lit craqua, elle rejeta brusquement en arrière les rideaux et se coucha, elle me tendit les bras, elle me prit. Oh ! les draps même semblaient tout échauffés encore des caresses d'amour qui avaient passé là.

Sa main douce et humide me parcourait le corps, elle me donnait des baisers sur la figure, sur la bouche, sur les yeux, chacune de ces caresses précipitées me faisait pâmer, elle s'étendait sur le dos et soupirait ; tantôt elle fermait les yeux à demi et me regardait avec une ironie voluptueuse, puis, s'appuyant sur le coude, se tournant sur le ventre, relevant ses talons en l'air, elle était pleine de mignardises charmantes, de mouvements raffinés et ingénus ; enfin, se livrant à moi avec abandon, elle leva les yeux au ciel et poussa un grand soupir qui lui souleva tout le corps... Sa peau chaude, frémissante, s'étendait sous moi et frissonnait ; des pieds à la tête je me sentais tout recouvert de volupté ; ma bouche collée à la sienne, nos doigts mêlés ensemble, bercés dans le même frisson, enlacés dans la même étreinte, respirant l'odeur de sa chevelure et le souffle de ses lèvres, je me sentis délicieusement mourir[1]. Quelque temps encore je restai, béant, à savourer le battement de mon cœur et le dernier tressaillement de mes nerfs agités, puis il me sembla que tout s'éteignait et disparaissait.

Mais elle, elle ne disait rien non plus ; immobile comme une statue de chair, ses cheveux noirs et abondants entouraient sa tête pâle, et ses bras dénoués reposaient étendus avec mollesse ; de temps à autre un mouvement convulsif lui secouait les genoux et les hanches ; sur sa poitrine, la place de mes baisers était

---

1. La mort donnée par le plaisir amoureux projette une lueur ironique sur l'emphase des pages précédentes : « Je suis né avec le désir de mourir » (p. 45).

rouge encore, un son rauque et lamentable sortait de sa gorge, comme lorsqu'on s'endort après avoir long-temps pleuré et sangloté. Tout à coup je l'entendis qui disait ceci : « Dans l'oubli de tes sens, si tu devenais mère », et puis je ne me souviens plus de ce qui suivit, elle croisa les jambes les unes sur les autres et se berça de côté et d'autre, comme si elle eût été dans un hamac.

Elle me passa sa main dans les cheveux, en se jouant, comme avec un enfant, et me demanda si j'avais eu une maîtresse ; je lui répondis que oui, et comme elle continuait, j'ajoutai qu'elle était belle et mariée. Elle me fit encore d'autres questions sur mon nom, sur ma vie, sur ma famille.

— Et toi, lui dis-je, as-tu aimé ?

— Aimer ? non !

Et elle fit un éclat de rire forcé qui me décontenança.

Elle me demanda encore si la maîtresse que j'avais était belle, et après un silence elle reprit :

— Oh ! comme elle doit t'aimer ! Dis-moi ton nom, hein ! ton nom.

À mon tour je voulus savoir le sien.

— Marie, répondit-elle, mais j'en avais un autre, ce n'est pas comme cela qu'on m'appelait chez nous.

Et puis je ne sais plus, tout cela est parti, c'est déjà si vieux ! Cependant il y a certaines choses que je revois comme si c'était hier, sa chambre par exemple ; je revois le tapis du lit, usé au milieu, la couche d'acajou avec des ornements en cuivre et des rideaux de soie rouge moirés[1] ; ils craquaient sous les doigts, les franges en étaient usées. Sur la cheminée, deux vases de fleurs artificielles ; au milieu, la pendule, dont le cadran était suspendu entre quatre colonnes d'albâtre. Çà et là, accrochée à la muraille, une vieille gravure

---

1. Tissu chatoyant.

entourée d'un cadre de bois noir et représentant des femmes au bain, des vendangeurs, des pêcheurs.

Et elle ! elle ! quelquefois son souvenir me revient, si vif, si précis que tous les détails de sa figure m'apparaissent de nouveau, avec cette étonnante fidélité de mémoire que les rêves seuls nous donnent, quand nous revoyons avec leurs mêmes habits, leur même son de voix, nos vieux amis morts depuis des années, et que nous nous en épouvantons. Je me souviens bien qu'elle avait sur la lèvre inférieure, du côté gauche, un grain de beauté, qui paraissait dans un pli de la peau quand elle souriait ; elle n'était plus fraîche même, et le coin de sa bouche était serré d'une façon amère et fatiguée [1].

Quand je fus prêt à m'en aller, elle me dit adieu.

— Adieu !

— Vous reverra-t-on ?

— Peut-être !

Et je sortis, l'air me ranima, je me trouvais tout changé, il me semblait qu'on devait s'apercevoir, sur mon visage, que je n'étais plus le même homme, je marchais légèrement, fièrement, content, libre, je n'avais plus rien à apprendre, rien à sentir, rien à désirer dans la vie. Je rentrai chez moi, une éternité s'était passée depuis que j'en étais sorti ; je montai à ma chambre et je m'assis sur mon lit, accablé de toute ma journée, qui pesait sur moi avec un poids incroyable. Il était peut-être 7 heures du soir, le soleil se couchait, le ciel était en feu, et l'horizon tout rouge flamboyait par-dessus les toits des maisons ; le jardin, déjà dans l'ombre, était plein de tristesse, des cercles jaunes et orange tournaient dans le coin des murs, s'abaissaient et montaient dans les buissons, la terre était sèche et grise ; dans la rue quelques gens du peuple, aux bras

---

1. Cf. Emma Bovary : « ... elle gardait aux coins de la bouche cette immobile contraction qui plisse la figure des vieilles filles et celle des ambitieux déchus » : Marie est bien une Emma inversée.

de leurs femmes, chantaient en passant et allaient aux barrières.

Je repensais toujours à ce que j'avais fait, et je fus pris d'une indéfinissable tristesse, j'étais plein de dégoût, j'étais repu, j'étais las. « Mais ce matin même, me disais-je, ce n'était pas comme cela, j'étais plus frais, plus heureux, à quoi cela tient-il ? » et par l'esprit je repassai dans toutes les rues où j'avais marché, je revis les femmes que j'avais rencontrées, tous les sentiers que j'avais parcourus, je retournai chez Marie et je m'arrêtai sur chaque détail de mon souvenir, je pressurai ma mémoire pour qu'elle m'en fournît le plus possible. Toute ma soirée se passa à cela ; la nuit vint et je demeurai fixé, comme un vieillard, à cette pensée charmante, je sentais que je n'en ressaisirais rien, que d'autres amours pourraient venir, mais qu'ils ne ressembleraient plus à celui-là, ce premier parfum était senti, ce son était envolé, je désirais mon désir et je regrettais ma joie.

Quand je considérais ma vie passée et ma vie présente, c'est-à-dire l'attente des jours écoulés et la lassitude qui m'accablait, alors je ne savais plus dans quel coin de mon existence mon cœur se trouvait placé, si je rêvais ou si j'agissais, si j'étais plein de dégoût ou plein de désir, car j'avais à la fois les nausées de la satiété et l'ardeur des espérances.

Ce n'était donc que cela, aimer ! ce n'était donc que cela, une femme ! Pourquoi, ô mon Dieu, avons-nous encore faim alors que nous sommes repus ? pourquoi tant d'aspirations et tant de déceptions ? pourquoi le cœur de l'homme est-il si grand, et la vie si petite ? il y a des jours où l'amour des anges même ne lui suffirait pas, et il se fatigue en une heure de toutes les caresses de la terre.

Mais l'illusion évanouie laisse en nous son odeur de fée, et nous en cherchons la trace par tous les sentiers où elle a fui ; on se plaît à se dire que tout n'est pas fini de sitôt, que la vie ne fait que de commencer, qu'un monde s'ouvre devant nous. Aura-t-on, en effet, dépensé tant de rêves sublimes, tant de désirs bouillants pour aboutir là ? Or je ne voulais pas renoncer à toutes les belles choses que je m'étais forgées, j'avais créé pour moi, en deçà de ma virginité perdue, d'autres formes plus vagues, mais plus belles, d'autres voluptés moins précises comme le désir que j'en avais, mais célestes et infinies. Aux imaginations que je m'étais faites naguère, et que je m'efforçais d'évoquer, se mêlait le souvenir intense de mes dernières sensations, et le tout se confondant, fantôme et corps, rêve et réalité, la femme que je venais de quitter prit pour moi une proportion synthétique, où tout se résuma dans le passé et d'où tout s'élança pour l'avenir. Seul et pensant à elle, je la retournai encore en tous sens, pour y découvrir quelque chose de plus, quelque chose d'inaperçu, d'inexploré la première fois ; l'envie de la revoir me prit, m'obséda, c'était comme une fatalité qui m'attirait, une pente où je glissais.

Oh ! la belle nuit ! il faisait chaud, j'arrivai à sa porte tout en sueur, il y avait de la lumière à sa fenêtre ; elle veillait sans doute ; je m'arrêtai, j'eus peur, je restai longtemps ne sachant que faire, plein de mille angoisses confuses. Encore une fois j'entrai, ma main, une seconde fois, glissa sur la rampe de son escalier et tourna sa clef.

Elle était seule, comme le matin ; elle se tenait à la même place, presque dans la même posture, mais elle avait changé de robe ; celle-ci était noire, la garniture de dentelle, qui en bordait le haut, frissonnait d'elle-même sur sa gorge blanche [1], sa chair brillait, sa figure avait cette pâleur lascive que donnent les flambeaux ; la bouche mi-ouverte, les cheveux tout débouclés et pendants sur ses épaules, les yeux levés au ciel, elle

---

1. Toujours le noir et le blanc.

avait l'air de chercher du regard quelque étoile disparue.

Bien vite, d'un bond joyeux, elle sauta jusqu'à moi et me serra dans ses bras. Ce fut là pour nous une de ces étreintes frissonnantes, telles que les amants, la nuit, doivent en avoir dans leurs rendez-vous, quand, après avoir longtemps, l'œil tendu dans les ténèbres, guetté chaque foulement des feuilles, chaque forme vague qui passait dans la clairière, ils se rencontrent enfin et viennent à s'embrasser.

Elle me dit, d'une voix précipitée et douce tout ensemble :

— Ah ! tu m'aimes donc, que tu reviens me voir ? dis, dis, ô mon cœur, m'aimes-tu ?

Ses paroles avaient un son aigu et moelleux, comme les intonations les plus élevées de la flûte.

À demi affaissée sur les jarrets et me tenant dans ses bras, elle me regardait avec une ivresse sombre ; pour moi, quelque étonné que je fusse de cette passion si subitement venue, j'en étais charmé, j'en étais fier.

Sa robe de satin craquait sous mes doigts avec un bruit d'étincelles ; quelquefois, après avoir senti le velouté de l'étoffe, je venais à sentir la douceur chaude de son bras nu, son vêtement semblait participer d'elle-même, il exhalait la séduction des plus luxuriantes nudités.

Elle voulut à toutes forces s'asseoir sur mes genoux, et elle recommença sa caresse accoutumée, qui était de me passer la main dans les cheveux tandis qu'elle me regardait fixement, face à face, les yeux dardés contre les miens. Dans cette pose immobile, sa prunelle parut se dilater, il en sortit un fluide que je sentais me couler sur le cœur ; chaque effluve de ce regard béant, semblable aux cercles successifs que décrit l'orfraie, m'attachait de plus en plus à cette magie terrible.

— Ah ! tu m'aimes donc, reprit-elle, tu m'aimes donc que te voilà venu encore chez moi, pour moi !

Mais qu'as-tu ? tu ne dis rien, tu es triste ! ne veux-tu plus de moi ?

Elle fit une pause et reprit :

— Comme tu es beau, mon ange ! tu es beau comme le jour ! embrasse-moi donc, aime-moi ! un baiser, un baiser, vite !

Elle se suspendit à ma bouche et, roucoulant comme une colombe, elle se gonflait la poitrine du soupir qu'elle y puisait.

— Ah ! mais pour la nuit, n'est-ce pas, pour la nuit, toute la nuit à nous deux ? C'est comme toi que je voudrais avoir un amant, un amant jeune et frais, qui m'aimât bien, qui ne pensât qu'à moi. Oh ! comme je l'aimerais !

Et elle fit une de ces inspirations de désir où il semble que Dieu devrait descendre des cieux.

— Mais n'en as-tu pas un ? lui dis-je.

— Qui ? moi ? est-ce que nous sommes aimées, nous autres ? est-ce qu'on pense à nous ? Qui veut de nous ? toi-même, demain, te souviendras-tu de moi ? tu te diras peut-être seulement : « Tiens, hier, j'ai couché avec une fille », mais brrr ! la ! la ! la ! (et elle se mit à danser, les poings sur la taille, avec des allures immondes). C'est que je danse bien ! tiens, regarde mon costume.

Elle ouvrit son armoire, et je vis sur une planche un masque noir et des rubans bleus avec un domino ; il y avait aussi un pantalon de velours noir à galons d'or, accroché à un clou, restes flétris du carnaval passé.

— Mon pauvre costume, dit-elle, comme j'ai été souvent au bal avec lui ! c'est moi qui ai dansé, cet hiver !

La fenêtre était ouverte et le vent faisait trembler la lumière de la bougie, elle l'alla prendre de dessus la cheminée et la mit sur la table de nuit. Arrivée près du lit, elle s'assit dessus et se prit à réfléchir profondément, la tête baissée sur la poitrine. Je ne lui parlais pas non plus, j'attendais, l'odeur chaude des nuits d'août montait jusqu'à nous, nous entendions, de là, les arbres du boulevard remuer, le rideau de la fenêtre tremblait ; toute la nuit il fit de l'orage ; souvent, à la lueur des éclairs, j'apercevais sa blême figure, crispée dans une expression de tristesse ardente ; les nuages couraient vite, la lune, à demi cachée par eux, apparaissait par moments dans un coin de ciel pur entouré de nuées sombres.

Elle se déshabilla lentement, avec les mouvements réguliers d'une machine. Quand elle fut en chemise, elle vint à moi, pieds nus sur le pavé, me prit par la main et me conduisit à son lit ; elle ne me regardait pas, elle pensait à autre chose ; elle avait la lèvre rose et humide, les narines ouvertes, l'œil en feu, et semblait vibrer sous le frottement de sa pensée comme, alors même que l'artiste n'est plus là, l'instrument sonore laisse s'évaporer un secret parfum de notes endormies.

C'est quand elle se fut couchée près de moi qu'elle m'étala, avec un orgueil de courtisane, toutes les splendeurs de sa chair. Je vis à nu sa gorge dure et toujours gonflée comme d'un murmure orageux, son ventre de nacre, au nombril creusé, son ventre élastique et convulsif, doux pour s'y plonger la tête comme sur un oreiller de satin chaud ; elle avait des hanches superbes, de ces vraies hanches de femme, dont les lignes, dégradantes sur une cuisse ronde, rappellent toujours, de profil, je ne sais quelle forme souple et corrompue de serpent et de démon ; la sueur qui mouillait sa peau la lui rendait fraîche et collante, dans la nuit ses yeux brillaient d'une manière terrible, et le bracelet d'ambre qu'elle portait au bras droit sonnait quand elle s'attrapait au lambris de l'alcôve. Ce fut dans ces heures-là qu'elle me disait, tenant ma tête serrée sur son cœur :

— Ange d'amour, de délices, de volupté, d'où

viens-tu ? où est ta mère ? à quoi songeait-elle quand elle t'a conçu ? rêvait-elle la force des lions d'Afrique ou le parfum de ces arbres lointains, si embaumants qu'on meurt à les sentir ? Tu ne me dis rien ; regarde-moi avec tes grands yeux, regarde-moi, regarde-moi ! ta bouche ! ta bouche ! tiens, tiens, voilà la mienne !

Et puis ses dents claquaient comme par un grand froid, et ses lèvres écartées tremblaient et envoyaient dans l'air des paroles folles :

— Ah ! je serais jalouse de toi, vois-tu, si nous nous aimions ; la moindre femme qui te regarderait...

Et elle achevait sa phrase dans un cri. D'autres fois elle m'arrêtait avec des bras raidis et disait tout bas qu'elle allait mourir.

— Oh ! que c'est beau, un homme, quand il est jeune ! Si j'étais homme, moi, toutes les femmes m'aimeraient, mes yeux brilleraient si bien ! je serais si bien mis, si joli ! Ta maîtresse t'aime, n'est-ce pas ? je voudrais la connaître. Comment vous voyez-vous ? est-ce chez toi ou chez elle ? est-ce à la promenade, quand tu passes à cheval ? tu dois être si bien à cheval ! au théâtre, quand on sort et qu'on lui donne son manteau ? ou bien la nuit dans son jardin ? Les belles heures que vous passez, n'est-ce pas, à causer ensemble, assis sous la tonnelle !

Je la laissais dire, il me semblait qu'avec ces mots elle me faisait une maîtresse idéale, et j'aimais ce fantôme qui venait d'arriver dans mon esprit et qui y brillait plus rapide qu'un feu follet, le soir, dans la campagne.

— Y a-t-il longtemps que vous vous connaissez ? conte-moi ça un peu. Que lui dis-tu pour lui plaire ? est-elle grande ou petite ? chante-t-elle ?

Je ne pus m'empêcher de lui dire qu'elle se trompait, je lui parlai même de mes appréhensions à la venir trouver, du remords, ou mieux de l'étrange peur que j'en avais eue ensuite, et du retour soudain qui m'avait

poussé vers elle. Quand je lui eus bien dit que je
n'avais jamais eu de maîtresse, que j'en avais cherché
partout, que j'en avais rêvé longtemps, et qu'enfin elle
était la première qui eût accepté mes caresses, elle se
rapprocha de moi avec étonnement et, me prenant par
le bras, comme si j'étais une illusion qu'elle voulût
saisir :

— Vrai ? me dit-elle, oh ! ne me mens pas. Tu es
donc vierge, et c'est moi qui t'ai défloré, pauvre ange ?
tes baisers, en effet, avaient je ne sais quoi de naïf, tel
que les enfants seuls en auraient s'ils faisaient l'amour.
Mais tu m'étonnes ! tu es charmant ; à mesure que je
te regarde, je t'aime de plus en plus, ta joue est douce
comme une pêche, ta peau, en effet, est toute blanche,
tes beaux cheveux sont forts et nombreux. Ah ! comme
je t'aimerais si tu voulais ! car je n'ai vu que toi
comme ça ; on dirait que tu me regardes avec bonté, et
pourtant tes yeux me brûlent, j'ai toujours envie de me
rapprocher de toi et de te serrer sur moi.

C'étaient les premières paroles d'amour que j'enten-
disse de ma vie. Parties n'importe d'où, notre cœur les
reçoit avec un tressaillement bien heureux. Rappelez-
vous cela ! Je m'en abreuvais à plaisir. Oh ! comme je
m'élançais vite dans le ciel nouveau.

— Oui, oui, embrasse-moi bien, embrasse-moi
bien ! tes baisers me rajeunissent, disait-elle, j'aime à
sentir ton odeur comme celle de mon chèvrefeuille au
mois de juin, c'est frais et sucré tout à la fois ; tes
dents, voyons-les, elles sont plus blanches que les
miennes, je ne suis pas si belle que toi... Ah ! comme
il fait bon, là !

Et elle s'appuya la bouche sur mon cou, y fouillant
avec d'âpres baisers, comme une bête fauve au ventre
de sa victime.

— Qu'ai-je donc, ce soir ? tu m'as mise toute en
feu, j'ai envie de boire et de danser en chantant. As-
tu quelquefois voulu être petit oiseau ? nous volerions

ensemble, ça doit être si doux de faire l'amour dans l'air, les vents vous poussent, les nuages vous entourent... Non, tais-toi que je te regarde, que je te regarde longtemps, afin que je me souvienne de toi toujours !

— Pourquoi cela ?

— Pourquoi cela ? reprit-elle, mais pour m'en souvenir, pour penser à toi ; j'y penserai la nuit, quand je ne dors pas, le matin, quand je m'éveille, j'y penserai toute la journée, appuyée sur ma fenêtre à regarder les passants, mais surtout le soir, quand on n'y voit plus et qu'on n'a pas encore allumé les bougies ; je me rappellerai ta figure, ton corps, ton beau corps, où la volupté respire, et ta voix ! Oh ! écoute, je t'en prie, mon amour, laisse-moi couper de tes cheveux, je les mettrai dans ce bracelet-là, ils ne me quitteront jamais.

Elle se leva de suite, alla chercher ses ciseaux et me coupa, derrière la tête, une mèche de cheveux. C'étaient de petits ciseaux pointus, qui crièrent en jouant sur leur vis ; je sens encore sur la nuque le froid de l'acier et la main de Marie [1].

C'est une des plus belles choses des amants que les cheveux donnés et échangés. Que de belles mains, depuis qu'il y a des nuits, ont passé à travers les balcons et donné des tresses noires ! Arrière les chaînes de montre tordues en huit, les bagues où ils sont collés dessus, les médaillons où ils sont disposés en trèfles, et tous ceux qu'a pollués la main banale du coiffeur ; je les veux tout simples et noués, aux deux bouts, d'un fil, de peur d'en perdre un seul ; on les a coupés soi-même à la tête chérie, dans quelque suprême moment, au plus fort d'un premier amour, la veille du départ. Une chevelure ! manteau magnifique de la femme aux jours primitifs, quand il lui descendait jusqu'aux talons et lui couvrait les bras, alors qu'elle s'en allait avec l'homme, marchant au bord des grands fleuves, et que

---

1. Marie est donc à la fois l'initiatrice et le bourreau.

les premières brises de la création faisaient tressaillir à
la fois la cime des palmiers, la crinière des lions, la
chevelure des femmes ! J'aime les cheveux. Que de
fois, dans des cimetières qu'on remuait ou dans les
vieilles églises qu'on abattait, j'en ai contemplé qui
apparaissaient dans la terre remuée, entre des ossements jaunes et des morceaux de bois pourri ! Souvent
le soleil jetait dessus un pâle rayon et les faisait briller
comme un filon d'or ; j'aimais à songer aux jours où,
réunis ensemble sur un cuir blanc et graissés de parfums liquides, quelque main, sèche maintenant, passait
dessus et les étendait sur l'oreiller, quelque bouche,
sans gencives maintenant, les baisait au milieu et en
mordait le bout avec des sanglots heureux.

Je me laissai couper les miens avec une vanité
niaise, j'eus la honte de n'en pas demander à mon tour,
et à cette heure que je n'ai rien, pas un gant, pas une
ceinture, pas même trois corolles de rose desséchées et
gardées dans un livre, rien que le souvenir de l'amour
d'une fille publique, je les regrette.

Quand elle eut fini, elle vint se recoucher près de
moi, elle entra dans les draps toute frissonnante de
volupté, elle grelottait, et se ratatinait sur moi, comme
un enfant ; enfin elle s'endormit, laissant sa tête sur ma
poitrine.

Chaque fois que je respirais, je sentais le poids de
cette tête endormie se soulever sur mon cœur. Dans
quelle communion intime me trouvais-je donc avec cet
être inconnu ? Ignorés jusqu'à ce jour l'un à l'autre, le
hasard nous avait unis, nous étions là dans la même
couche, liés par une force sans nom ; nous allions nous
quitter et ne plus nous revoir, les atomes qui roulent et
volent dans l'air ont entre eux des rencontres plus
longues que n'en ont sur la terre les cœurs qui s'aiment ; la nuit, sans doute, les désirs solitaires s'élèvent
et les songes se mettent à la recherche les uns des
autres ; celui-là soupire peut-être après l'âme inconnue

qui soupire après lui dans un autre hémisphère, sous d'autres cieux.

Quels étaient, maintenant, les rêves qui se passaient dans cette tête-là ? songeait-elle à sa famille, à son premier amant, au monde, aux hommes, à quelque vie riche, éclairée d'opulence, à quelque amour désiré ? à moi, peut-être ! L'œil fixé sur son front pâle, j'épiais son sommeil, et je tâchais de découvrir un sens au son rauque qui sortait de ses narines.

Il pleuvait, j'écoutais le bruit de la pluie et Marie dormir ; les lumières, près de s'éteindre, pétillaient dans les bobèches[1] de cristal. L'aube parut, une ligne jaune saillit dans le ciel, s'allongea horizontalement et, prenant de plus en plus des teintes dorées et vineuses, envoya dans l'appartement une faible lumière blanchâtre, irisée de violet, qui se jouait encore avec la nuit et avec l'éclat des bougies expirantes, reflétées dans la glace.

Marie, étendue sur moi, avait ainsi certaines parties du corps dans la lumière, d'autres dans l'ombre ; elle s'était dérangée un peu, sa tête était plus basse que ses seins ; le bras droit, le bras du bracelet, pendait hors du lit et touchait presque le plancher ; il y avait sur la table de nuit un bouquet de violettes dans un verre d'eau, j'étendis la main, je le pris, je cassai le fil avec mes dents et je les respirai. La chaleur de la veille, sans doute, ou bien le long temps depuis qu'elles étaient cueillies les avait fanées, je leur trouvai une odeur exquise et toute particulière, je humai une à une leur parfum ; comme elles étaient humides, je me les appliquai sur les yeux pour me refroidir, car mon sang bouillait, et mes membres fatigués ressentaient comme une brûlure au contact des draps. Alors, ne sachant que faire et ne voulant pas l'éveiller, car j'éprouvais un étrange plaisir à la voir dormir, je mis doucement

---

1. Coupelles disposées sur les chandeliers pour recueillir la cire des bougies.

toutes les violettes sur la gorge de Marie, bientôt elle en fut toute couverte, et ces belles fleurs fanées, sous lesquelles elle dormait, la symbolisèrent à mon esprit. Comme elles, en effet, malgré leur fraîcheur enlevée, à cause de cela peut-être, elle m'envoyait un parfum plus âcre et plus irritant ; le malheur, qui avait dû passer dessus, la rendait belle de l'amertume que sa bouche conservait, même en dormant, belle des deux rides qu'elle avait derrière le cou et que le jour, sans doute, elle cachait sous ses cheveux. À voir cette femme si triste dans la volupté et dont les étreintes même avaient une joie lugubre, je devinais mille passions terribles qui l'avaient dû sillonner comme la foudre à en juger par les traces restées, et puis sa vie devrait me faire plaisir à entendre raconter, moi qui recherchais dans l'existence humaine le côté sonore et vibrant, le monde des grandes passions et des belles larmes.

À ce moment-là, elle s'éveilla, toutes les violettes tombèrent, elle sourit, les yeux encore à demi fermés, en même temps qu'elle étendait ses bras autour de mon cou et m'embrassait d'un long baiser du matin, d'un baiser de colombe qui s'éveille.

Quand je l'ai priée de me raconter son histoire, elle me dit :

— À toi je le peux bien. Les autres mentiraient et commenceraient par te dire qu'elles n'ont pas toujours été ce qu'elles sont, elles te feraient des contes sur leurs familles et sur leurs amours, mais je ne veux pas te tromper ni me faire passer pour une princesse ; écoute, tu vas voir si j'ai été heureuse ! Sais-tu que souvent j'ai eu envie de me tuer ? une fois on est arrivé dans ma chambre, j'étais à moitié asphyxiée. Oh ! si je n'avais pas peur de l'enfer, il y a longtemps que ça serait fait. J'ai aussi peur de mourir, ce moment-là à passer m'effraie, et pourtant, j'ai envie d'être morte !

Je suis de la campagne, notre père était fermier. Jusqu'à ma première communion, on m'envoyait tous les matins garder les vaches dans les champs ; toute la journée je restais seule, je m'asseyais au bord d'un fossé, à dormir, ou bien j'allais dans le bois dénicher des nids ; je montais aux arbres comme un garçon, mes habits étaient toujours déchirés ; souvent on m'a battue pour avoir volé des pommes, ou laissé aller les bestiaux chez les voisins. Quand c'était la moisson et que, le soir venu, on dansait en rond dans la cour, j'entendais chanter des chansons où il y avait des choses que je ne comprenais pas, les garçons embrassaient les filles, on riait aux éclats ; cela m'attristait et me faisait rêver. Quelquefois, sur la route, en m'en retournant à la maison, je demandais à monter dans une voiture de foin, l'homme me prenait avec lui et me plaçait sur les bottes de luzerne ; croirais-tu que je finis par goûter un indicible plaisir à me sentir soulever de terre par les mains fortes et robustes d'un gars solide, qui avait la figure brûlée par le soleil et la poitrine toute en sueur ? D'ordinaire ses bras étaient retroussés jusqu'aux aisselles, j'aimais à toucher ses muscles, qui faisaient des bosses et des creux à chaque mouvement de sa main, et à me faire embrasser par lui, pour me sentir râper la joue par sa barbe. Au bas de la prairie où j'allais tous les jours, il y avait un petit ruisseau entre deux rangées de peupliers, au bord duquel toutes sortes de fleurs poussaient ; j'en faisais des bouquets, des couronnes, des chaînes ; avec des grains de sorbier, je me faisais des colliers, cela devint une manie, j'en avais toujours mon tablier plein, mon père me grondait et disait que je ne serais jamais qu'une coquette. Dans ma petite chambre j'en avais mis aussi ; quelquefois cette quantité d'odeurs-là m'enivrait, et je m'assoupissais, étourdie, mais jouissant de ce malaise. L'odeur du foin coupé par exemple, du foin chaud et fermenté, m'a toujours semblé délicieuse, si bien que, les dimanches, je m'enfermais dans la grange, y passant tout mon

après-midi à regarder les araignées filer leurs toiles aux
sommiers, et à entendre les mouches bourdonner. Je
vivais comme une fainéante, mais je devenais une belle
fille, j'étais toute pleine de santé. Souvent une espèce
de folie me prenait, et je courais, je courais jusqu'à
tomber ou bien je chantais à tue-tête, ou je parlais seule
et longtemps ; d'étranges désirs me possédaient, je
regardais toujours les pigeons, sur leur colombier, qui
se faisaient l'amour, quelques-uns venaient jusque sous
ma fenêtre s'ébattre au soleil et se jouer dans la vigne.
La nuit, j'entendais encore le battement de leurs ailes
et leur roucoulement, qui me semblait si doux, si
suave, que j'aurais voulu être pigeon comme eux et me
tordre ainsi le cou, comme ils faisaient pour s'embrasser. « Que se disent-ils donc, pensais-je, qu'ils ont l'air
si heureux ? », et je me rappelais aussi de quel air
superbe j'avais vu courir les chevaux après les juments,
et comment leurs naseaux étaient ouverts ; je me rappelais la joie qui faisait frissonner la laine des brebis aux
approches du bélier, et le murmure des abeilles quand
elles se suspendent en grappes aux arbres des vergers.
Dans l'étable, souvent, je me glissais entre les animaux
pour sentir l'émanation de leurs membres, vapeur de
vie que j'aspirais à pleine poitrine, pour contempler
furtivement leur nudité, où le vertige attirait toujours
mes yeux troublés. D'autres fois, au détour d'un bois,
au crépuscule surtout, les arbres eux-mêmes prenaient
des formes singulières : c'étaient tantôt des bras qui
s'élevaient vers le ciel, ou bien le tronc qui se tordait
comme un corps sous les coups du vent. La nuit, quand
je m'éveillais et qu'il y avait de la lune et des nuages,
je voyais dans le ciel des choses qui m'épouvantaient
et qui me faisaient envie. Je me souviens qu'une fois,
la veille de Noël, j'ai vu une grande femme nue,
debout, avec des yeux qui roulaient ; elle avait bien
cent pieds de haut, mais elle alla, s'allongeant toujours
en s'amincissant, et finit par se couper, chaque membre

resta séparé, la tête s'envola la première, tout le reste s'agitait encore. Ou bien je rêvais ; à dix ans déjà, j'avais des nuits fiévreuses, des nuits pleines de luxure. N'était-ce pas la luxure qui brillait dans mes yeux, coulait dans mon sang, et me faisait bondir le cœur au frôlement de mes membres entre eux ? elle chantait éternellement dans mon oreille des cantiques de volupté ; dans mes visions, les chairs brillaient comme de l'or, des formes inconnues remuaient, comme du vif-argent répandu.

À l'église je regardais l'homme nu étalé sur la croix, et je redressais sa tête, je remplissais ses flancs, je colorais tous ses membres, je levais ses paupières ; je me faisais devant moi un homme beau, avec un regard de feu ; je le détachais de la croix et je le faisais descendre vers moi, sur l'autel, l'encens l'entourait, il s'avançait dans la fumée, et de sensuels frémissements me couraient sur la peau.

Quand un homme me parlait, j'examinais son œil et le jet qui en sort, j'aimais surtout ceux dont les paupières remuent toujours, qui cachent leurs prunelles et qui les montrent, mouvement semblable au battement d'ailes d'un papillon de nuit ; à travers leurs vêtements, je tâchais de surprendre le secret de leur sexe, et là-dessus j'interrogeais mes jeunes amies, j'épiais les baisers de mon père et de ma mère, et la nuit le bruit de leur couche.

À douze ans, je fis ma première communion, on m'avait fait venir de la ville une belle robe blanche, nous avions toutes des ceintures bleues ; j'avais voulu qu'on me mît les cheveux en papillotes, comme à une dame. Avant de partir, je me regardai dans la glace, j'étais belle comme un amour, je fus presque amoureuse de moi, j'aurais voulu pouvoir l'être. C'était aux environs de la Fête-Dieu, les bonnes sœurs avaient rempli l'église de fleurs, on embaumait ; moi-même, depuis trois jours, j'avais travaillé avec les autres à orner de jasmin la petite table sur laquelle on prononce les vœux, l'autel était couvert d'hyacinthes, les marches du chœur étaient couvertes de tapis, nous avions toutes des gants blancs et un cierge dans la main ; j'étais bien heureuse, je me sentais faite pour cela ; pendant toute la messe, je remuais les pieds sur le tapis, car il n'y en avait pas chez mon père ; j'aurais voulu me coucher dessus, avec ma belle robe, et demeurer toute seule dans l'église, au milieu des cierges allumés ; mon cœur battait d'une espérance nouvelle, j'attendais l'hostie avec anxiété, j'avais entendu dire que la première communion changeait, et je croyais que, le sacrement passé, tous mes désirs seraient calmés. Mais non ! rassise à ma place, je me retrouvai dans ma fournaise ; j'avais remarqué que l'on m'avait regardée, en allant vers le prêtre, et qu'on m'avait admirée ; je me rengorgeai, je me trouvai belle, m'enorgueillissant vaguement de toutes les délices cachées en moi et que j'ignorais moi-même.

À la sortie de la messe, nous défilâmes toutes en rang, dans le cimetière ; les parents et les curieux étaient des deux côtés, dans l'herbe, pour nous voir passer ; je marchais la première, j'étais la plus grande. Pendant le dîner, je ne mangeai pas, j'avais le cœur tout oppressé ; ma mère, qui avait pleuré pendant l'office, avait encore les yeux rouges ; quelques voisins vinrent pour me féliciter et m'embrassèrent avec effusion, leurs caresses me répugnaient. Le soir, aux vêpres, il y avait encore plus de monde que le matin. En face de nous, on avait disposé les garçons, ils nous regardaient avidement, moi surtout ; même lorsque j'avais les yeux baissés, je sentais encore leurs regards. On les avait frisés, ils étaient en toilette comme nous. Quand, après avoir chanté le premier couplet d'un cantique, ils reprenaient à leur tour, leur voix me soulevait l'âme, et quand elle s'éteignait, ma jouissance expirait avec elle, et puis s'élançait de nouveau quand ils recommençaient. Je prononçai les vœux ; tout ce que je me rappelle, c'est que je parlais de robe blanche et d'innocence.

Marie s'arrêta ici, perdue sans doute dans l'émouvant souvenir par lequel elle avait peur d'être vaincue, puis elle reprit en riant d'une manière désespérée :

— Ah ! la robe blanche ! il y a longtemps qu'elle est usée ! et l'innocence avec elle ! Où sont les autres maintenant ? il y en a qui sont mortes, d'autres qui sont mariées et ont des enfants ; je n'en vois plus aucune, je ne connais personne. Tous les jours de l'an encore, je veux écrire à ma mère, mais je n'ose pas, et puis bah ! c'est bête, tous ces sentiments-là !

Se raidissant contre son émotion, elle continua :

— Le lendemain, qui était encore un jour de fête, un camarade vint pour jouer avec moi ; ma mère me dit : « Maintenant que tu es une grande fille, tu ne devrais plus aller avec les garçons », et elle nous sépara. Il n'en fallut pas plus pour me rendre amoureuse de celui-là, je le recherchais, je lui fis la cour, j'avais envie de m'enfuir avec lui de mon pays, il devait m'épouser quand je serais grande, je l'appelais mon mari, mon amant, il n'osait pas. Un jour que nous étions seuls, et que nous revenions ensemble du bois où nous avions été cueillir des fraises, en passant près d'un mulon, je me ruai sur lui, et le couvrant de tout mon corps en l'embrassant à la bouche, je me mis à crier : « Aime-moi donc, marions-nous, marions-nous ! » Il se dégagea de moi et s'enfuit.

Depuis ce temps-là je m'écartai de tout le monde et ne sortis plus de la ferme, je vivais solitairement dans mes désirs, comme d'autres dans leurs jouissances. Disait-on qu'un tel avait enlevé une fille qu'on lui refusait, je m'imaginais être sa maîtresse, fuir avec lui en croupe, à travers champs, et le serrer dans mes bras ; si l'on parlait d'une noce, je me couchais vite dans le lit blanc, comme la mariée je tremblais de crainte et de volupté ; j'enviais jusqu'aux beuglements plaintifs des vaches, quand elles mettent bas ; en en rêvant la cause, je jalousais leurs douleurs.

À cette époque-là mon père mourut, ma mère m'emmena à la ville avec elle, mon frère partit pour l'armée, où il est devenu capitaine. J'avais seize ans quand nous partîmes de la maison ; je dis adieu pour toujours au bois, à la prairie où était mon ruisseau, adieu au portail de l'église, où j'avais passé de si bonnes heures à jouer au soleil, adieu aussi à ma pauvre petite chambre ; je n'ai plus revu tout cela. Des grisettes du quartier, qui devinrent mes amies, me montrèrent leurs amoureux, j'allais avec elles en parties, je les regardais s'aimer, et je me repaissais à loisir de ce spectacle. Tous les jours c'était quelque nouveau prétexte pour m'absenter, ma mère s'en aperçut bien, elle m'en fit d'abord des reproches, puis finit par me laisser tranquille.

Un jour enfin une vieille femme, que je connaissais depuis quelque temps, me proposa de faire ma fortune, me disant qu'elle m'avait trouvé un amant fort riche, que le lendemain soir je n'avais qu'à sortir comme pour porter de l'ouvrage dans un faubourg, et qu'elle m'y mènerait.

Pendant les vingt-quatre heures qui suivirent, je crus souvent que j'allais devenir folle ; à mesure que l'heure approchait, le moment s'éloignait, je n'avais que ce mot-là dans la tête : un amant ! un amant ! j'allais avoir un amant[1], j'allais être aimée, j'allais donc aimer ! Je mis d'abord mes souliers les plus minces, puis, m'apercevant que mon pied s'évasait dedans, je pris des bottines ; j'arrangeai également mes cheveux de cent manières, en torsades, puis en bandeaux, en papillotes, en nattes ; à mesure que je me regardais dans la glace, je devenais plus belle, mais je ne l'étais pas assez, mes

---

1. Cf. l'exclamation d'Emma Bovary : « Elle se répétait : "J'ai un amant ! un amant !" se délectant à cette idée comme à celle d'une autre puberté qui lui serait survenue. »

habits étaient communs, j'en rougis de honte. Que n'étais-je une de ces femmes qui sont blanches au milieu de leurs velours, toute chargée de dentelles, sentant l'ambre et la rose, avec de la soie qui craque, et des domestiques tout cousus d'or ! Je maudis ma mère, ma vie passée, et je m'enfuis, poussée par toutes les tentations du diable, et d'avance les savourant toutes.

Au détour d'une rue, un fiacre nous attendait, nous montâmes dedans ; une heure après il nous arrêta à la grille d'un parc. Après nous y être promenées quelque temps, je m'aperçus que la vieille m'avait quittée, et je restai seule à marcher dans les allées. Les arbres étaient grands, tout couverts de feuilles, des bandes de gazon entouraient des plates-bandes de fleurs, jamais je n'avais vu de si beau jardin ; une rivière passait au milieu, des pierres, disposées habilement çà et là, formaient des cascades, des cygnes jouaient sur l'eau et, les ailes enflées, se laissaient pousser par le courant. Je m'amusai aussi à voir la volière, où des oiseaux de toutes sortes criaient et se balançaient sur leurs anneaux ; ils étalaient leurs queues panachées et passaient les uns devant les autres, c'était un éblouissement. Deux statues de marbre blanc, au bas du perron, se regardaient, dans des poses charmantes ; le grand bassin d'en face était doré par le soleil couchant et donnait envie de s'y baigner. Je pensais à l'amant inconnu qui demeurait là, à chaque instant, je m'attendais à voir sortir de derrière un bouquet d'arbres quelque homme beau et marchant fièrement comme un Apollon. Après le dîner, et quand le bruit du château, que j'entendais depuis longtemps, se fut apaisé, mon maître parut. C'était un vieillard tout blanc et maigre, serré dans des habits trop justes, avec une croix d'honneur sur son habit, et des dessous de pied qui l'empêchaient de remuer les genoux ; il avait un grand nez, et de petits yeux verts qui avaient l'air méchant. Il m'aborda en souriant, il n'avait plus de dents. Quand on sourit il faut avoir une petite lèvre rose comme la tienne, avec un peu de moustache aux deux bouts, n'est-ce pas, cher ange ?

Nous nous assîmes ensemble sur un banc, il me prit les mains, il me les trouva si jolies qu'il en baisait chaque doigt ; il me dit que si je voulais être sa maîtresse, rester sage et demeurer avec lui, je serais bien riche, j'aurais des domestiques pour me servir, et tous les jours de belles robes, je monterais à cheval, je me promènerais en voiture ; mais pour cela, disait-il, il fallait l'aimer. Je lui promis que je l'aimerais.

Et cependant aucune de ces flammes intérieures qui naguère me brûlaient les entrailles, à l'approche des hommes, ne m'arrivait ; à force d'être à côté de lui et de me dire intérieurement que c'était celui-là dont j'allais être la maîtresse, je finis par en avoir envie. Quand il me dit de rentrer, je me levai vivement, il était ravi, il tremblait de joie, le bonhomme ! Après avoir traversé un beau salon, où les meubles étaient tout dorés, il me mena dans ma chambre et voulut me déshabiller lui-même ; il commença par m'ôter mon bonnet, mais voulant ensuite me déchausser, il eut du mal à se baisser et il me dit : « C'est que je suis vieux, mon enfant » ; il était à genoux, il me suppliait du regard, il ajouta, en joignant les deux mains : « Tu es si jolie ! », j'avais peur de ce qui allait suivre.

Un énorme lit était au fond de l'alcôve, il m'y traîna en criant ; je me sentis noyée dans les édredons et dans les matelas, son corps pesait sur moi, avec un horrible supplice, ses lèvres molles me couvraient de baisers froids, le plafond de la chambre m'écrasait. Comme il était heureux ! comme il se pâmait ! Tâchant, à mon tour, de trouver des jouissances, j'excitais les siennes à ce qu'il paraît ; mais que m'importait son plaisir à lui ! c'était le mien qu'il fallait, c'était le mien que j'attendais, j'en aspirais de sa bouche creuse et de ses membres débiles, j'en évoquais de tout ce vieillard, et réunissant dans un incroyable effort tout ce que j'avais en moi de lubricité contenue, je ne parvins qu'au dégoût dans ma première nuit de débauche.

À peine fut-il sorti que je me levai, j'allai à la fenêtre, je l'ouvris et je laissai l'air me refroidir la peau ; j'aurais voulu que l'Océan pût me laver de lui, je refis mon lit, effaçant avec soin toutes les places où ce cadavre m'avait fatiguée de ses convulsions. Toute la nuit se passa à pleurer ; désespérée, je rugissais comme un tigre qu'on a châtré. Ah ! si tu étais venu alors ! si nous nous étions connus dans ce temps-là ! si tu avais été du même âge que moi, c'est alors que nous nous serions aimés, quand j'avais seize ans, quand mon cœur était neuf ! toute notre vie se fût passée à cela, mes bras se seraient usés à t'étreindre sur moi et mes yeux à plonger dans les tiens !

Elle continua :

— Grande dame, je me levais à midi, j'avais une livrée qui me suivait partout, et une calèche où je m'étendais sur les coussins ; ma bête de race sautait merveilleusement par-dessus le tronc des arbres, et la plume noire de mon chapeau d'amazone remuait avec grâce ; mais devenue riche du jour au lendemain, tout ce luxe m'excitait au lieu de m'apaiser. Bientôt on me connut, ce fut à qui m'aurait, mes amants faisaient mille folies pour me plaire, tous les soirs je lisais les billets doux de la journée, pour y trouver l'expression nouvelle de quelque cœur autrement moulé que les autres et fait pour moi. Mais tous se ressemblaient, je savais d'avance la fin de leurs phrases et la manière dont ils allaient tomber à genoux ; il y en a deux que j'ai repoussés par caprice et qui se sont tués, leur mort ne m'a point touchée, pourquoi mourir ? que n'ont-ils plutôt tout franchi pour m'avoir ? Si j'aimais un homme, moi, il n'y aurait pas de mers assez larges ni de murs assez hauts pour m'empêcher d'arriver jusqu'à lui. Comme je me serais bien entendue, si j'avais été homme, à corrompre des gardiens, à monter la nuit aux fenêtres, et à étouffer sous ma bouche les cris de ma victime, trompée chaque matin de l'espoir que j'avais eu la veille !

Je les chassais avec colère et j'en prenais d'autres, l'uniformité du plaisir me désespérait, et je courais à sa poursuite avec frénésie, toujours altérée de jouissances nouvelles et magnifiquement rêvées, semblable aux marins en détresse, qui boivent de l'eau de mer et ne peuvent s'empêcher d'en boire, tant la soif les brûle !

Dandys et rustauds, j'ai voulu voir si tous étaient de même ; j'ai goûté la passion des hommes, aux mains blanches et grasses, aux cheveux teints collés sur les tempes ; j'ai eu de pâles adolescents, blonds, efféminés comme des filles, qui se mouraient sur moi ; les vieillards aussi m'ont salie de leurs joies décrépites, et j'ai contemplé au réveil leur poitrine oppressée et leurs yeux éteints. Sur un banc de bois, dans un cabaret de village, entre un pot de vin et une pipe de tabac, l'homme du peuple aussi m'a embrassée avec violence ; je me suis fait comme lui une joie épaisse et des allures faciles ; mais la canaille ne fait pas mieux l'amour que la noblesse, et la botte de paille n'est pas plus chaude que les sofas. Pour les rendre plus ardents, je me suis dévouée à quelques-uns comme une esclave, et ils ne m'en aimaient pas davantage ; j'ai eu, pour des sots, des bassesses infâmes, et en échange ils me haïssaient et me méprisaient, alors que j'aurais voulu leur centupler mes caresses et les inonder de bonheur. Espérant enfin que les gens difformes pouvaient mieux aimer que les autres, et que les natures rachitiques se raccrochaient à la vie par la volupté, je me suis donnée à des bossus, à des nègres, à des nains ; je leur fis des nuits à rendre jaloux des millionnaires, mais je les épouvantais peut-être, car ils me quittaient vite. Ni les pauvres, ni les riches, ni les laids n'ont pu assouvir l'amour que je leur demandais à remplir ; tous, faibles, languissants, conçus dans l'ennui, avortons faits par des paralytiques que le vin enivre, que la femme tue, craignant de mourir dans les draps comme on meurt à la guerre, il n'en est pas un que je n'aie vu lassé dès la première heure. Il n'y a donc plus, sur la terre, de ces jeunesses divines comme autrefois ! plus de Bacchus, plus d'Apollons, plus de ces héros qui marchaient nus, couronnés de pampres et de lauriers ! J'étais faite pour être la maîtresse d'un empereur, moi ; il me fallait l'amour d'un bandit, sur un rocher dur, par un soleil d'Afrique ; j'ai souhaité les enlacements des serpents, et les baisers rugissants que se donnent les lions.

À cette époque je lisais beaucoup ; il y a surtout deux livres que j'ai relus cent fois : *Paul et Virginie* [1] et un autre qui s'appelait *Les Crimes des Reines*. On y voyait les portraits de Messaline, de Théodora, de Marguerite de Bourgogne, de Marie Stuart et de Catherine II. « Être reine, me disais-je, et rendre la foule amoureuse de toi ! » Eh bien, j'ai été reine, reine comme on peut l'être maintenant ; en entrant dans ma loge je promenais sur le public un regard triomphant et provocateur, mille têtes suivaient le mouvement de mes sourcils, je dominais tout par l'insolence de ma beauté.

Fatiguée cependant de toujours poursuivre un amant, et plus que jamais en voulant à tout prix, ayant d'ailleurs fait du vice un supplice qui m'était cher, je suis accourue ici, le cœur enflammé comme si j'avais eu encore une virginité à vendre ; raffinée, je me résignais à vivre mal ; opulente, à m'endormir dans la misère, car à force de descendre si bas je n'aspirais peut-être

---

1. *Paul et Virginie* : le roman de Bernardin de Saint-Pierre (1788) décrit les amours idylliques de jeunes adolescents aux sentiments purs dans les paysages magnifiques de l'île de France (île Maurice). L'histoire se termine tragiquement par la mort de l'héroïne. Cf. *Madame Bovary* : « Elle avait lu *Paul et Virginie*... »

plus à monter éternellement, à mesure que mes organes s'useraient, mes désirs s'apaiseraient sans doute, je voulais par là en finir d'un seul coup et me dégoûter pour toujours de ce que j'enviais avec tant de ferveur. Oui, moi qui ai pris des bains de fraises et de lait, je suis venue ici, m'étendre sur le grabat commun où la foule passe ; au lieu d'être la maîtresse d'un seul, je me suis faite servante de tous, et quel rude maître j'ai pris là ! Plus de feu l'hiver, plus de vin fin à mes repas, il y a un an que j'ai la même robe, qu'importe ! mon métier n'est-il pas d'être nue ? Mais ma dernière pensée, mon dernier espoir, le sais-tu ? Oh ! j'y comptais, c'était de trouver un jour ce que je n'avais jamais rencontré, l'homme qui m'a toujours fui, que j'ai poursuivi dans le lit des élégants, au balcon des théâtres ; chimère que n'est que dans mon cœur et que je veux tenir dans mes mains ; un beau jour, espérais-je, quelqu'un viendra sans doute — dans le nombre cela doit être — plus grand, plus noble, plus fort ; ses yeux seront fendus comme ceux des sultanes, sa voix se modulera dans une mélodie lascive, ses membres auront la souplesse terrible et voluptueuse des léopards, il sentira des odeurs à faire pâmer, et ses dents mordront avec délices ce sein qui se gonfle pour lui. À chaque arrivant je me disais : « est-ce lui ? » et à un autre encore : « est-ce lui ? qu'il m'aime ! qu'il m'aime ! qu'il me batte ! qu'il me brise ! à moi seule je lui ferai un sérail, je connais quelles fleurs excitent, quelles boissons vous exaltent, et comment la fatigue même se transforme en délicieuse extase ; coquette quand il le voudra, pour irriter sa vanité ou amuser son esprit, tout à coup il me trouvera langoureuse, pliante comme un roseau, exhalant des mots doux et des soupirs tendres ; pour lui je me tordrai dans des mouvements de couleuvre, la nuit j'aurai des soubresauts furieux et des crispations qui déchirent. Dans un pays chaud, en buvant du beau vin dans du cristal, je lui

danserai, avec des castagnettes, des danses espagnoles,
ou je bondirai en hurlant un hymne de guerre, comme
les femmes des sauvages ; s'il est amoureux des statues
et des tableaux, je me ferai des poses de grand maître
devant lesquelles il tombera à genoux ; s'il aime mieux
que je sois son ami, je m'habillerai en homme et j'irai
à la chasse avec lui, je l'aiderai dans ses vengeances ;
s'il veut assassiner quelqu'un, je ferai le guet pour lui ;
s'il est voleur, nous volerons ensemble ; j'aimerai ses
habits et le manteau qui l'enveloppe. » Mais non !
jamais, jamais ! le temps a eu beau s'écouler et les
matins revenir, on a en vain usé chaque place de mon
corps, par toutes les voluptés dont se régalent les
hommes, je suis restée comme j'étais, à dix ans, vierge,
si une vierge est celle qui n'a pas de mari, pas d'amant,
qui n'a pas connu le plaisir et qui le rêve sans cesse,
qui se fait des fantômes charmants et qui les voit dans
ses songes, qui en entend la voix dans le bruit des
vents, qui en cherche les traits dans la figure de la lune.
Je suis vierge ! cela te fait rire ? mais n'en ai-je pas les
vagues pressentiments, les ardentes langueurs ? j'en ai
tout, sauf la virginité elle-même.

Regarde au chevet de mon lit toutes ces lignes entrecroisées sur l'acajou, ce sont les marques d'ongle de
tous ceux qui s'y sont débattus, de tous ceux dont les
têtes ont frotté là ; je n'ai jamais eu rien de commun
avec eux ; unis ensemble aussi étroitement que des bras
humains peuvent le permettre, je ne sais quel abîme
m'en a toujours séparée. Oh ! que de fois, tandis
qu'égarés ils auraient voulu s'abîmer tout entiers dans
leur jouissance, mentalement je m'écartais à mille
lieues de là, pour partager la natte d'un sauvage ou
l'antre garni de peaux de moutons de quelque berger
des Abruzzes [1] !

Aucun en effet ne vient pour moi, aucun ne me

---

1. Région montagneuse de l'Italie centrale.

connaît, ils cherchent peut-être en moi une certaine femme comme je cherche en eux un certain homme ; n'y a-t-il pas, dans les rues, plus d'un chien qui s'en va flairant dans l'ordure pour trouver des os de poulet et des morceaux de viande ? de même, qui saura tous les amours exaltés qui s'abattent sur une fille publique, toutes les belles élégies qui finissent dans le bonjour qu'on lui adresse ? Combien j'en ai vu arriver ici le cœur gros de dépit et les yeux pleins de larmes ! les uns, au sortir d'un bal, pour résumer sur une seule femme toutes celles qu'ils venaient de quitter ; les autres, après un mariage, exaltés à l'idée de l'innocence ; et puis des jeunes gens, pour toucher à loisir leurs maîtresses à qui ils n'osent parler, fermant les yeux et la voyant ainsi dans leurs cœurs ; des maris pour se refaire jeunes et savourer les plaisirs faciles de leur bon temps, des prêtres poussés par le démon et ne voulant pas d'une femme, mais d'une courtisane, mais du péché incarné, ils me maudissent, ils ont peur de moi et ils m'adorent ; pour que la tentation soit plus forte et l'effroi plus grand, ils voudraient que j'eusse le pied fourchu et que ma robe étincelât de pierreries. Tous passent tristement, uniformément, comme des ombres qui se succèdent, comme une foule dont on ne garde plus que le souvenir du bruit qu'elle faisait, du piétinement de ces mille pieds, des clameurs confuses qui en sortaient. Sais-je, en effet, le nom d'un seul ? ils viennent et ils me quittent, jamais une caresse désintéressée, et ils en demandent, ils demanderaient de l'amour, s'ils l'osaient ! il faut les appeler beaux, les supposer riches, et ils sourient. Et puis ils aiment à rire, quelquefois il faut chanter, ou se taire ou parler. Dans cette femme si connue, personne ne s'est douté qu'il y avait un cœur ; imbéciles qui louaient l'arc de mes sourcils et l'éclat de mes épaules, tout heureux d'avoir à bon marché un morceau de roi, et qui ne prenaient pas cet

amour inextinguible qui courait au-devant d'eux et se
jetait à leurs genoux !

J'en vois pourtant qui ont des amants, même ici, de
vrais amants qui les aiment ; elles leur font une place
à part, dans leur lit comme dans leur âme, et quand ils
viennent elles sont heureuses. C'est pour eux, vois-tu,
qu'elles se peignent si longuement les cheveux et
qu'elles arrosent les pots de fleurs qui sont à leurs fenêtres ; mais moi, personne, personne ; pas même l'affec-
tion paisible d'un pauvre enfant, car on la leur montre
du doigt, la prostituée, et ils passent devant elle sans
lever la tête. Qu'il y a longtemps, mon Dieu, que je ne
suis sortie dans les champs et que je n'ai vu la campagne ! que de dimanches j'ai passés à entendre le son
de ces tristes cloches, qui appellent tout le monde aux
offices où je ne vais pas ! qu'il y a longtemps que je
n'ai entendu le grelot des vaches dans le taillis ! Ah !
je veux m'en aller d'ici, je m'ennuie, je m'ennuie [1] ; je
retournerai à pied au pays, j'irai chez ma nourrice,
c'est une brave femme qui me recevra bien. Quand
j'étais toute petite, j'allais chez elle, et elle me donnait
du lait ; je l'aiderai à élever ses enfants et à faire le
ménage, j'irai ramasser du bois mort dans la forêt, nous
nous chaufferons, le soir, au coin du feu quand il nei-
gera, voilà bientôt l'hiver ; aux rois nous tirerons le
gâteau. Oh ! elle m'aimera bien, je bercerai les petits
pour les endormir, comme je serai heureuse !

Elle se tut, puis releva sur moi un regard étincelant
à travers ses larmes, comme pour me dire : Est-ce toi ?

Je l'avais écoutée avec avidité, j'avais regardé tous

---

1. L'ennui est le « mal du siècle par excellence », le spleen,
conséquence des désirs inassouvis. Cf. *Madame Bovary* : « [Les
journées] allaient donc maintenant se suivre ainsi à la file, toujours
pareilles, innombrables et n'apportant rien », et l'exclamation de
Léon dans ce même roman : « Comme je m'ennuie ! se disait-il,
comme je m'ennuie. »

les mots sortir de sa bouche ; tâchant de m'identifier à
la vie qu'ils m'exprimaient. Agrandie tout à coup à des
proportions que je lui prêtais, sans doute, elle me parut
une femme nouvelle, pleine de mystères ignorés et,
malgré mes rapports avec elle, toute tentante d'un
charme irritant et d'attraits nouveaux. Les hommes, en
effet, qui l'avaient possédée avaient laissé sur elle
comme une odeur de parfum éteint, traces de passions
disparues, qui lui faisaient une majesté voluptueuse ;
la débauche la décorait d'une beauté infernale. Sans les
orgies passées, aurait-elle eu ce sourire de suicide, qui
la faisait ressembler à une morte se réveillant dans
l'amour ? sa joue en était plus appâlie, ses cheveux
plus élastiques et plus odorants, ses membres plus
souples, plus mous et plus chauds ; comme moi, aussi,
elle avait marché de joies en chagrins, couru d'espérances en dégoûts, des abattements sans nom avaient
succédé à des spasmes fous ; sans nous connaître, elle
dans sa prostitution et moi dans ma chasteté, nous
avions suivi le même chemin, aboutissant au même
gouffre ; pendant que je me cherchais une maîtresse,
elle s'était cherché un amant, elle dans le monde, moi
dans mon cœur, l'un et l'autre nous avaient fuis.

— Pauvre femme, lui dis-je, en la serrant sur moi,
comme tu as dû souffrir !

— Tu as donc souffert quelque chose de semblable ? me répondit-elle, est-ce que tu es comme moi ?
est-ce que souvent tu as trempé ton oreiller de larmes ?
est-ce que, pour toi, les jours de soleil en hiver sont
aussi tristes ? Quand il fait du brouillard, le soir, et que
je marche seule, il me semble que la pluie traverse mon
cœur et le fait tomber en débris.

— Je doute pourtant que tu te sois jamais aussi
ennuyée que moi dans le monde, tu as eu tes jours de
plaisir, mais moi c'est comme si j'étais né en prison,
j'ai mille choses qui n'ont pas vu la lumière.

— Tu es si jeune, cependant ! Au fait, tous les

hommes sont vieux maintenant, les enfants se trouvent dégoûtés comme les vieillards, nos mères s'ennuyaient quand elles nous ont conçus, on n'était pas comme ça autrefois, n'est-ce pas vrai ?

— C'est vrai, repris-je, les maisons où nous habitons sont toutes pareilles, blanches et mornes comme des tombes dans des cimetières ; dans les vieilles baraques noires qu'on démolit la vie devait être plus chaude, on y chantait fort, on y brisait les brocs sur les tables, on y cassait les lits en faisant l'amour.

— Mais qui te rend si triste ? tu as donc bien aimé ?

— Si j'ai aimé, mon Dieu ! assez pour envier ta vie.

— Envier ma vie ! dit-elle.

— Oui, l'envier ! car, à ta place, j'aurais peut-être été heureux, car, si un homme comme tu le désires n'existe pas, une femme comme j'en veux doit vivre quelque part ; parmi tant de cœurs qui battent, il doit s'en trouver un pour moi.

— Cherche-le ! cherche-le !

— Oh ! si, j'ai aimé ! si bien que je suis saturé de désirs rentrés. Non, tu ne sauras jamais toutes celles qui m'ont égaré et que dans le fond de mon cœur, j'abritais d'un amour angélique. Écoute, quand j'avais vécu un jour avec une femme, je me disais : « Que ne l'ai-je connue depuis dix ans ! tous ses jours qui ont fui m'appartenaient, son premier sourire devait être pour moi, sa première pensée au monde, pour moi. Des gens viennent et lui parlent, elle leur répond, elle y pense, les livres qu'elle admire, j'aurais dû les lire. Que ne me suis-je promené avec elle, sous tous les ombrages qui l'ont abritée ! il y a bien des robes qu'elle a usées et que je n'ai pas vues, elle a entendu, dans sa vie, les plus beaux opéras et je n'étais pas là ; d'autres lui ont déjà fait sentir les fleurs que je n'avais pas cueillies, je ne pourrai rien faire, elle m'oubliera, je suis pour elle comme un passant dans la rue », et quand j'en étais séparé je me disais : « Où est-elle ?

que fait-elle, toute la journée, loin de moi ? à quoi son temps se passe-t-il ? » Qu'une femme aime un homme, qu'elle lui fasse un signe, et il tombe à ses genoux ! Mais nous, quel hasard qu'elle vienne à nous regarder, et encore !... il faut être riche, avoir des chevaux qui vous emportent, avoir une maison ornée de statues, donner des fêtes, jeter l'or, faire du bruit ; mais vivre dans la foule, sans pouvoir la dominer par le génie ou par l'argent, et demeurer aussi inconnu que le plus lâche et le plus sot de tous, quand on aspire à des amours du ciel, quand on mourrait avec joie sous le regard d'une femme aimée, j'ai connu ce supplice.

— Tu es timide, n'est-ce pas ? elles te font peur.

— Plus maintenant. Autrefois, le bruit de leurs pas seulement me faisait tressaillir, je restais devant la boutique d'un coiffeur, à regarder les belles figures de cire avec des fleurs et des diamants dans les cheveux, roses, blanches et décolletées, j'ai été amoureux de quelques-unes ; l'étalage d'un cordonnier me tenait aussi en extase : dans ces petits souliers de satin, que l'on allait emporter pour le bal du soir, je plaçais un pied nu, un pied charmant, avec des ongles fins, un pied d'albâtre vivant, tel que celui d'une princesse qui entre au bain ; les corsets suspendus devant les magasins de modes, et que le vent fait remuer, me donnaient également de bizarres envies ; j'ai offert des bouquets de fleurs à des femmes que je n'aimais pas, espérant que l'amour viendrait par là, je l'avais entendu dire ; j'ai écrit des lettres adressées n'importe à qui, pour m'attendrir avec la plume, et j'ai pleuré ; le moindre sourire d'une bouche de femme me faisait fondre le cœur en délices, et puis c'était tout ! Tant de bonheur n'était pas fait pour moi, qu'est-ce qui pouvait m'aimer ?

— Attends ! attends encore un an, six mois ! demain peut-être, espère !

— J'ai trop espéré pour obtenir.

— Tu parles comme un enfant, me dit-elle.

— Non, je ne vois même pas d'amour dont je ne serais rassasié au bout de vingt-quatre heures, j'ai tant rêvé le sentiment que j'en suis fatigué, comme ceux que l'on a trop fortement chéris.

— Il n'y a pourtant que cela de beau dans le monde.

— À qui le dis-tu ? je donnerais tout pour passer une seule nuit avec une femme qui m'aimerait.

— Oh ! si au lieu de cacher ton cœur, tu laissais voir tout ce qui bat dedans de généreux et de bon, toutes les femmes voudraient de toi, il n'en est pas une qui ne tâcherait d'être ta maîtresse ; mais tu as été plus fou que moi encore ! Fait-on cas des trésors enfouis ? les coquettes seules devinent les gens comme toi, et les torturent, les autres ne les voient pas. Tu valais pourtant bien la peine qu'on t'aimât ! Eh bien, tant mieux ! c'est moi qui t'aimerai, c'est moi qui serai ta maîtresse.

— Ma maîtresse ?

— Oh ! je t'en prie ! je te suivrai où tu voudras, je partirai d'ici, j'irai louer une chambre en face de toi, je te regarderai toute la journée. Comme je t'aimerai ! être avec toi, le soir, le matin, la nuit dormir ensemble, les bras passés autour du corps, manger à la même table, vis-à-vis l'un de l'autre, nous habiller dans la même chambre, sortir ensemble et te sentir près de moi ! Ne sommes-nous pas faits l'un pour l'autre ? tes espérances ne vont-elles pas bien avec mes dégoûts ? ta vie et la mienne, n'est-ce pas la même ? Tu me raconteras tous les ennuis de ta solitude, je te redirai les supplices que j'ai endurés ; il faudra vivre comme si nous ne devions rester ensemble qu'une heure, épuiser tout ce qu'il y a en nous de voluptés et de tendresses, et puis recommencer, et mourir ensemble. Embrasse-moi, embrasse-moi encore ! mets là ta tête sur ma poitrine, que j'en sente bien le poids, que tes cheveux me caressent le cou, que mes mains parcourent tes épaules, ton regard est si tendre !

La couverture défaite, qui pendait à terre, laissait nos

pieds à nu ; elle se releva sur les genoux et la repoussa
sous le matelas, je vis son dos blanc se courber comme
un roseau ; les insomnies de la nuit m'avaient brisé,
mon front était lourd, les yeux me brûlaient les paupières, elle me les baisa doucement du bout des lèvres,
ce qui me les rafraîchit comme si on me les eût
humectés avec de l'eau froide. Elle aussi, se réveillait
de plus en plus de la torpeur où elle s'était laissée aller
un instant ; irritée par la fatigue, enflammée par le goût
des caresses précédentes, elle m'étreignit avec une
volupté désespérée, en me disant : « Aimons-nous,
puisque personne ne nous a aimés, tu es à moi ! »

Elle haletait, la bouche ouverte, et m'embrassait
furieusement, puis tout à coup, se reprenant et passant
sa main sur ses bandeaux dérangés, elle ajouta :

— Écoute, comme notre vie serait belle si c'était
ainsi, si nous allions demeurer dans un pays où le soleil
fait pousser des fleurs jaunes et mûrit les oranges, sur
un rivage comme il y en a, à ce qu'il paraît, où le sable
est tout blanc, où les hommes portent des turbans, où
les femmes ont des robes de gaze ; nous demeurerions
couchés sous quelque grand arbre à larges feuilles,
nous écouterions le bruit des golfes, nous marcherions
ensemble au bord des flots pour ramasser des coquilles,
je ferais des paniers avec des roseaux, tu irais les vendre ; c'est moi qui t'habillerais, je friserais tes cheveux
dans mes doigts, je te mettrais un collier autour du cou,
oh ! comme je t'aimerais ! comme je t'aime ! laisse-
moi donc m'assouvir de toi !

Me collant à sa couche, d'un mouvement impétueux,
elle s'abattit sur tout mon corps et s'y étendit avec une
joie obscène, pâle, frissonnante, les dents serrées et me
serrant sur elle avec une force enragée ; je me sentis
entraîné comme dans un ouragan d'amour, des sanglots
éclataient, et puis des cris aigus ; ma lèvre, humide de
sa salive, pétillait et me démangeait ; nos muscles, tor-
dus dans les mêmes nœuds, se serraient et entraient les

uns dans les autres, la volupté se tournait en délire, la jouissance en supplices.

Ouvrant tout à coup les yeux ébahis et épouvantés, elle dit :

— Si j'allais avoir un enfant !

Et passant, au contraire, à une câlinerie suppliante :

— Oui, oui, un enfant ! un enfant de toi !... Tu me quittes ? nous ne nous reverrons plus, jamais tu ne reviendras ? penseras-tu à moi quelquefois ? j'aurai toujours tes cheveux là, adieu !... Attends, il fait à peine jour.

Pourquoi donc avais-je hâte de la fuir ? est-ce que déjà je l'aimais ?

Marie ne me parla plus, quoique je restasse bien encore une demi-heure chez elle ; elle songeait peut-être à l'amant absent. Il y a un instant, dans le départ où, par anticipation de tristesse, la personne aimée n'est déjà plus avec vous.

Nous ne nous fîmes pas d'adieux, je lui pris la main, elle y répondit, mais la force pour la serrer était restée dans son cœur.

Je ne l'ai plus revue.

J'ai pensé à elle depuis, pas un jour ne s'est écoulé sans perdre à y rêver le plus d'heures possible, quelquefois je m'enferme exprès et seul, je tâche de revivre dans ce souvenir ; souvent je m'efforce à y penser avant de m'endormir, pour la rêver la nuit, mais ce bonheur-là ne m'est pas arrivé.

Je l'ai cherchée partout, dans les promenades, au théâtre, au coin des rues, sans savoir pourquoi j'ai cru qu'elle m'écrirait ; quand j'entendais une voiture s'arrêter à ma porte, je m'imaginais qu'elle allait en descendre. Avec quelle angoisse j'ai suivi certaines femmes ! avec quel battement de cœur je détournais la tête pour voir si c'était elle !

La maison a été démolie, personne n'a pu me dire ce qu'elle était devenue.

Le désir d'une femme que l'on a obtenue est quelque chose d'atroce et de mille fois pire que l'autre, de terribles images vous poursuivent comme des remords. Je ne suis pas jaloux des hommes qui l'ont eue avant moi, mais je suis jaloux de ceux qui l'ont eue depuis ; une convention tacite faisait, il me semble, que nous devions nous être fidèles, j'ai été plus d'un an à lui garder cette parole, et puis le hasard, l'ennui, la lassitude du même sentiment peut-être, ont fait que j'y ai manqué. Mais c'était elle que je poursuivais partout ; dans le lit des autres je rêvais à ses caresses.

On a beau, par-dessus les passions anciennes, vouloir en semer de nouvelles, elles reparaissent toujours, il n'y a pas de force au monde pour en arracher les racines. Les voies romaines, où roulaient les chars consulaires, ne servent plus depuis longtemps, mille nouveaux sentiers les traversent, les champs se sont élevés dessus, le blé y pousse, mais on en aperçoit encore la trace, et leurs grosses pierres ébrèchent les charrues quand on laboure.

Le type dont presque tous les hommes sont en quête n'est peut-être que le souvenir d'un amour conçu dans le ciel ou dès les premiers jours de la vie ; nous sommes en quête de tout ce qui s'y rapporte, la seconde femme qui vous plaît ressemble presque toujours à la première, il faut un grand degré de corruption ou un cœur bien vaste pour tout aimer. Voyez aussi comme ce sont éternellement les mêmes dont vous parlent les gens qui écrivent, et qu'ils décrivent cent fois sans jamais s'en lasser. J'ai connu un ami qui avait adoré, à 15 ans, une jeune mère qu'il avait vue nourrissant son enfant ; de longtemps il n'estima que les tailles de poissarde, la beauté des femmes sveltes lui était odieuse.

À mesure que le temps s'éloignait, je l'en aimais de

plus en plus ; avec la rage que l'on a pour les choses
impossibles, j'inventais des aventures pour la retrouver, j'imaginais notre rencontre, j'ai revu ses yeux dans
les globules bleus des fleuves, et la couleur de sa figure
dans les feuilles du tremble, quand l'automne les
colore. Une fois, je marchais vite dans un pré, les
herbes sifflaient autour de mes pieds en m'avançant,
elle était derrière moi ; je me suis retourné, il n'y avait
personne. Un autre jour, une voiture a passé devant
mes yeux, j'ai levé la tête, un grand voile blanc sortait
de la portière et s'agitait au vent, les roues tournaient,
il se tordait, il m'appelait, il a disparu, et je suis
retombé seul, abîmé, plus abandonné qu'au fond d'un
précipice.

Oh ! si l'on pouvait extraire de soi tout ce qui y est
et faire un être avec la pensée seule ! si l'on pouvait
tenir son fantôme dans les mains et le toucher au front,
au lieu de perdre dans l'air tant de caresses et tant
de soupirs ! Loin de là, la mémoire oublie et l'image
s'efface, tandis que l'acharnement de la douleur reste
en vous. C'est pour me la rappeler que j'ai écrit ce qui
précède, espérant que les mots me la feraient revivre ;
j'y ai échoué, j'en sais bien plus que je n'en ai dit.

C'est, d'ailleurs, une confidence que je n'ai faite à
personne, on se serait moqué de moi. Ne se raille-t-on
pas de ceux qui aiment, car c'est une honte parmi les
hommes ; chacun, par pudeur ou par égoïsme, cache
ce qu'il possède dans l'âme de meilleur et de plus délicat ; pour se faire estimer, il ne faut montrer que les
côtés les plus laids, c'est le moyen d'être au niveau
commun. Aimer une telle femme ? m'aurait-on dit, et
d'abord personne ne l'eût compris ; à quoi bon, dès
lors, en ouvrir la bouche ?

Ils auraient eu raison, elle n'était peut-être ni plus
belle ni plus ardente qu'une autre, j'ai peur de n'aimer
qu'une conception de mon esprit et de ne chérir en elle
que l'amour qu'elle m'avait fait rêver.

Longtemps je me suis débattu sous cette pensée, j'avais placé l'amour trop haut pour espérer qu'il descendrait jusqu'à moi ; mais, à la persistance de cette idée, il a bien fallu reconnaître que c'était quelque chose d'analogue. Ce n'est que plusieurs mois après l'avoir quittée que je l'ai ressenti ; dans les premiers temps, au contraire, j'ai vécu dans un grand calme.

Comme le monde est vide à celui qui y marche seul ! Qu'allais-je faire ? Comment passer le temps ? à quoi employer mon cerveau ? comme les journées sont longues ! Où est donc l'homme qui se plaint de la brièveté des jours de la vie ? qu'on me le montre, ce doit être un mortel heureux.

Distrayez-vous, disent-ils, mais à quoi ? c'est me dire : tâchez d'être heureux ; mais comment ? et à quoi bon tant de mouvement ? Tout est bien dans la nature, les arbres poussent, les fleuves coulent, les oiseaux chantent, les étoiles brillent ; mais l'homme tourmenté remue, s'agite, abat les forêts, bouleverse la terre, s'élance sur la mer, voyage, court, tue les animaux, se tue lui-même, et pleure, et rugit, et pense à l'enfer, comme si Dieu lui avait donné un esprit pour concevoir encore plus de maux qu'il n'en endure !

Autrefois, avant Marie, mon ennui avait quelque chose de beau, de grand ; mais maintenant il est stupide, c'est l'ennui d'un homme plein de mauvaise eau-de-vie, sommeil d'ivre mort.

Ceux qui ont beaucoup vécu ne sont pas de même. À 50 ans, ils sont plus frais que moi à vingt, tout leur est encore neuf et attrayant. Serai-je comme ces mauvais chevaux, qui sont fatigués à peine sortis de l'écurie, et qui ne trottent à l'aise qu'après un long bout de route, fait en boitant et en souffrant ? Trop de spectacles me font mal, trop aussi me font pitié, ou plutôt tout cela se confond dans le même dégoût.

Celui qui est assez bien né pour ne pas vouloir de maîtresse parce qu'il ne pourrait la couvrir de diamants

ni la loger dans un palais, et qui assiste à des amours
vulgaires, qui contemple, d'un œil calme, la laideur
bête de ces deux animaux en rut que l'on appelle un
amant et une maîtresse, n'est pas tenté de se ravaler si
bas, il se défend d'aimer comme d'une faiblesse, et il
terrasse sous ses genoux tous les désirs qui viennent ;
cette lutte l'épuise. L'égoïsme cynique des hommes
m'écarte d'eux, de même que l'esprit borné des
femmes me dégoûte de leur commerce ; j'ai tort, après
tout, car deux belles lèvres valent mieux que toute
l'éloquence du monde.

La feuille tombée s'agite et vole aux vents, de
même, moi, je voudrais voler, m'en aller, partir pour
ne plus revenir, n'importe où, mais quitter mon pays ;
ma maison me pèse sur les épaules, je suis tant de fois
entré et sorti par la même porte ! j'ai tant de fois levé
les yeux à la même place, au plafond de ma chambre,
qu'il en devrait être usé.

Oh ! se sentir plier sur le dos des chameaux ! devant
soi un ciel tout rouge, un sable tout brun, l'horizon
flamboyant qui s'allonge, les terrains qui ondulent,
l'aigle qui pointe sur votre tête ; dans un coin, une
troupe de cigognes aux pattes roses, qui passent et s'en
vont vers les citernes ; le vaisseau mobile du désert
vous berce, le soleil vous fait fermer les yeux, vous
baigne dans ses rayons, on n'entend que le bruit
étouffé du pas des montures, le conducteur vient de
finir sa chanson, on va, on va. Le soir on plante les
pieux, on dresse la tente, on fait boire les dromadaires,
on se couche sur une peau de lion, on fume, on allume
des feux pour éloigner les chacals, que l'on entend gla-
pir au fond du désert, des étoiles inconnues et quatre
fois grandes comme les nôtres palpitent aux cieux ; le
matin on remplit les outres à l'oasis, on repart, on est
seul, le vent siffle, le sable s'élève en tourbillons.

Et puis, dans quelque plaine où l'on galope tout le
jour, des palmiers s'élèvent entre les colonnes et agi-

tent doucement leur ombrage, à côté de l'ombre immobile des temples détruits ; des chèvres grimpent sur les frontispices renversés et mordent les plantes qui ont poussé dans les ciselures du marbre, elles fuient en bondissant quand vous approchez. Au-delà, après avoir traversé des forêts où les arbres sont liés ensemble par des lianes gigantesques, et des fleuves dont on n'aperçoit pas l'autre rive du bord, c'est le Soudan, le pays des nègres, le pays de l'or ; mais plus loin, oh ! allons toujours, je veux voir le Malabar[1] furieux et ses danses où l'on se tue ; les vins donnent la mort comme les poisons, les poisons sont doux comme les vins ; la mer, une mer bleue remplie de corail et de perles, retentit du bruit des orgies sacrées qui se font dans les antres des montagnes, il n'y a plus de vague, l'atmosphère est vermeille, le ciel sans nuage se mire dans le tiède Océan, les câbles fument quand on les retire de l'eau, les requins suivent le navire et mangent les morts.

Oh ! l'Inde ! l'Inde surtout ! Des montagnes blanches, remplies de pagodes et d'idoles, au milieu de bois remplis de tigres et d'éléphants, des hommes jaunes avec des vêtements blancs, des femmes couleur d'étain avec des anneaux aux pieds et aux mains, des robes de gaze qui les enveloppent comme une vapeur, des yeux dont on ne voit que les paupières noircies avec du henné ; elles chantent ensemble un hymne à quelque dieu, elles dansent... Danse, danse, bayadère, fille du Gange, tournoie bien tes pieds dans ma tête ! Comme une couleuvre, elle se replie, dénoue ses bras, sa tête remue, ses hanches se balancent, ses narines s'enflent, ses cheveux se dénouent, l'encens qui fume entoure l'idole stupide et dorée, qui a quatre têtes et vingt bras.

Dans un canot de bois de cèdre, un canot allongé, dont les avirons minces ont l'air de plumes, sous une

---

1. Côte sud-ouest de l'Inde.

voile faite de bambous tressés, au bruit des tam-tams
et des tambourins, j'irai dans le pays jaune que l'on
appelle la Chine ; les pieds des femmes se prennent
dans la main, leur tête est petite, leurs sourcils minces,
relevés aux coins, elles vivent dans des tonnelles de
roseau vert, et mangent des fruits à la peau de velours,
dans de la porcelaine peinte. Moustache aiguë, tombant
sur la poitrine, tête rase, avec une houppe qui lui des-
cend jusque sur le dos, le mandarin, un éventail rond
dans les doigts, se promène dans la galerie, où les tré-
pieds brûlent, et marche lentement sur les nattes de
riz ; une petite pipe est passée dans son bonnet pointu,
et des écritures noires sont empreintes sur ses vêtements de soie rouge. Oh ! que les boîtes à thé m'ont
fait faire de voyages !

Emportez-moi, tempêtes du Nouveau Monde, qui
déracinez les chênes séculaires et tourmentez les lacs
où les serpents se jouent dans les flots[1] ! Que les torrents de Norvège me couvrent de leur mousse ! que la
neige de Sibérie, qui tombe tassée, efface mon chemin ! Oh ! voyager, voyager, ne jamais s'arrêter, et,
dans cette valse immense, tout voir apparaître et passer, jusqu'à ce que la peau vous crève et que le sang
jaillisse !

Que les vallées succèdent aux montagnes, les
champs aux villes, les plaines aux mers. Descendons
et montons les côtes, que les aiguilles des cathédrales
disparaissent, après les mâts de vaisseaux pressés dans
les ports ; écoutons les cascades tomber sur les rochers,
le vent dans les forêts, les glaciers se fondre au soleil ;
que je voie des cavaliers arabes courir, des femmes
portées en palanquin, et puis des coupoles s'arrondir,
des pyramides s'élever dans les cieux, des souterrains
étouffés, où les momies dorment, des défilés étroits, où

---

1. Cf. la célèbre exclamation de René : « Levez-vous vite,
orages désirés, qui devez emporter René dans les espaces d'une
autre vie. »

le brigand arme son fusil, des joncs où se cache le
serpent à sonnettes, des zèbres bariolés courant dans
les grandes herbes, des kangourous dressés sur leurs
pattes de derrière, des singes se balançant au bout des
branches des cocotiers, des tigres bondissant sur leur
proie, des gazelles leur échappant...

Allons, allons ! passons les océans larges, où les
baleines et les cachalots se font la guerre. Voici venir
comme un grand oiseau de mer, qui bat des deux ailes,
sur la surface des flots, la pirogue des sauvages ; des
chevelures sanglantes pendent à la proue, ils se sont
peint les côtes en rouge ; les lèvres fendues, le visage
barbouillé, des anneaux dans le nez, ils chantent en
hurlant le chant de la mort, leur grand arc est tendu,
leurs flèches à la pointe verte sont empoisonnées et
font mourir dans les tourments ; leurs femmes nues,
seins et mains tatoués, élèvent de grands bûchers pour
les victimes de leurs époux, qui leur ont promis de la
chair de blanc, si moelleuse sous la dent.

Où irai-je ? la terre est grande, j'épuiserai tous les
chemins, je viderai tous les horizons ; puissé-je périr
en doublant le Cap, mourir du choléra à Calcutta ou de
la peste à Constantinople !

Si j'étais seulement muletier en Andalousie ! et trot-
ter tout le jour, dans les gorges des sierras, voir couler
le Guadalquivir, sur lequel il y a des îles de lauriers-
roses, entendre, le soir, les guitares et les voix chanter
sous les balcons, regarder la lune se mirer dans le bassin de marbre de l'Alhambra, où autrefois se baignaient
les sultanes.

Que ne suis-je gondolier à Venise ou conducteur
d'une de ces carrioles, qui, dans la belle saison, vous
mènent de Nice à Rome ! Il y a pourtant des gens qui
vivent à Rome, des gens qui y demeurent toujours.
Heureux le mendiant de Naples, qui dort au grand
soleil, couché sur le rivage, et qui, en fumant son
cigare, voit aussi la fumée du Vésuve monter dans le

ciel ! Je lui envie son lit de galets et les songes qu'il y peut faire ; la mer, toujours belle, lui apporte le parfum de ses flots et le murmure lointain qui vient de Caprée.

Quelquefois je me figure arriver en Sicile, dans un petit village de pêcheurs, où toutes les barques ont des voiles latines. C'est le matin ; là, entre des corbeilles et des filets étendus, une fille du peuple est assise, elle a ses pieds nus, à son corset est un cordon d'or, comme les femmes des colonies grecques ; ses cheveux noirs, séparés en deux tresses, lui tombent jusqu'aux talons, elle se lève, secoue son tablier ; elle marche, et sa taille est robuste et souple à la fois, comme celle de la nymphe antique. Si j'étais aimé d'une telle femme ! une pauvre enfant ignorante qui ne saurait seulement pas lire, mais dont la voix serait si douce, quand elle me dirait, avec son accent sicilien : « Je t'aime ! reste ici ! »

Le manuscrit s'arrête ici, mais j'en ai connu l'auteur, et si quelqu'un, ayant passé, pour arriver jusqu'à cette page, à travers toutes les métaphores, hyperboles [1] et autres figures qui remplissent les précédentes, désire y trouver une fin, qu'il continue ; nous allons la lui donner.

Il faut que les sentiments aient peu de mots à leur service, sans cela le livre se fût achevé à la première personne. Sans doute que notre homme n'aura plus rien trouvé à dire ; il se trouve un point où l'on n'écrit plus et où l'on pense davantage, c'est à ce point qu'il s'arrêta, tant pis pour le lecteur !

J'admire le hasard, qui a voulu que le livre en demeurât là, au moment où il serait devenu meilleur ; l'auteur allait entrer dans le monde, il aurait eu mille choses à nous apprendre, mais il s'est, au contraire, livré de plus en plus à une solitude austère, d'où rien

---

1. Figure de style : exagération, emphase, bref la figure par excellence d'un certain romantisme.

ne sortait. Or il jugea convenable de ne plus se plaindre, preuve peut-être qu'il commença réellement à souffrir. Ni dans sa conversation, ni dans ses lettres, ni dans les papiers que j'ai fouillés après sa mort, et où ceci se trouvait, je n'ai saisi rien qui dévoilât l'état de son âme, à partir de l'époque où il cessa d'écrire ses confessions.

Son grand regret était de ne pas être peintre, il disait avoir de très beaux tableaux dans l'imagination. Il se désolait également de n'être pas musicien ; par les matinées de printemps, quand il se promenait le long des avenues de peupliers, des symphonies sans fin lui résonnaient dans la tête. Du reste, il n'entendait rien à la peinture ni à la musique, je l'ai vu admirer des galettes authentiques et avoir la migraine en sortant de l'Opéra. Avec un peu plus de temps, de patience, de travail, et surtout avec un goût plus délicat de la plastique des arts, il fût arrivé à faire des vers médiocres, bons à mettre dans l'album d'une dame, ce qui est toujours galant, quoi qu'on en dise.

Dans sa première jeunesse, il s'était nourri de très mauvais auteurs, comme on l'a pu voir à son style ; en vieillissant, il s'en dégoûta, mais les excellents ne lui donnèrent plus le même enthousiasme.

Passionné pour ce qui est beau, la laideur lui répugnait comme le crime ; c'est, en effet, quelque chose d'atroce qu'un être laid, de loin il épouvante, de près il dégoûte ; quand il parle, on souffre ; s'il pleure, ses larmes vous agacent ; on voudrait le battre quand il rit et, dans le silence, sa figure immobile vous semble le siège de tous les vices et de tous les bas instincts. Aussi il ne pardonna jamais à un homme qui lui avait déplu dès le premier abord ; en revanche, il était très dévoué à des gens qui ne lui avaient jamais adressé quatre mots, mais dont il aimait la démarche ou la coupe du crâne.

Il fuyait les assemblées, les spectacles, les bals, les

concerts, car, à peine y était-il entré, qu'il se sentait glacé de tristesse et qu'il avait froid dans les cheveux. Quand la foule le coudoyait, une haine toute jeune lui montait au cœur, il lui portait, à cette foule, un cœur de loup, un cœur de bête fauve traquée dans son terrier.

Il avait la vanité de croire que les hommes ne l'aimaient pas, les hommes ne le connaissaient pas.

Les malheurs publics et les douleurs collectives l'attristaient médiocrement, je dirai même qu'il s'apitoyait plus sur les serins en cage, battant des ailes quand il fait du soleil, que sur les peuples en esclavage, c'est ainsi qu'il était fait. Il était plein de scrupules délicats et de vraie pudeur, il ne pouvait, par exemple, rester chez un pâtissier et voir un pauvre le regarder manger sans rougir jusqu'aux oreilles ; en sortant, il lui donnait tout ce qu'il avait d'argent dans la main et s'enfuyait bien vite. Mais on le trouvait cynique, parce qu'il se servait des mots propres et disait tout haut ce que l'on pense tout bas.

L'amour des femmes entretenues (idéal des jeunes gens qui n'ont pas le moyen d'en entretenir) lui était odieux, le dégoûtait ; il pensait que l'homme qui paye est le maître, le seigneur, le roi. Quoiqu'il fût pauvre, il respectait la richesse et non les gens riches ; être gratis l'amant d'une femme qu'un autre loge, habille et nourrit, lui semblait quelque chose d'aussi spirituel que de voler une bouteille de vin dans la cave d'autrui ; il ajoutait que s'en vanter était le propre des domestiques fripons et des petites gens.

Vouloir une femme mariée, et pour cela se rendre l'ami du mari, lui serrer affectueusement les mains, rire à ses calembours, s'attrister de ses mauvaises affaires, faire ses commissions, lire le même journal que lui, en un mot exécuter, dans un seul jour, plus de bassesses et de platitudes que dix galériens n'en ont fait en toute leur vie, c'était quelque chose de trop humiliant pour son orgueil, et il aima cependant plusieurs femmes mariées ; quelquefois il se mit en beau chemin, mais la répugnance le prenait tout à coup, quand déjà la belle dame commençait à lui faire les yeux doux, comme les gelées du mois de mai qui brûlent les abricotiers en fleurs.

Et les grisettes [1], me direz-vous ? Eh bien, non ! il ne pouvait se résigner à monter dans une mansarde, pour embrasser une bouche qui vient de déjeuner avec du fromage, et prendre une main qui a des engelures.

Quant à séduire une jeune fille, il se serait cru moins coupable s'il l'avait violée, attacher quelqu'un à soi était pour lui pire que de l'assassiner. Il pensait sérieusement qu'il y a moins de mal à tuer un homme qu'à faire un enfant : au premier vous ôtez la vie, non pas la vie entière, mais la moitié ou le quart ou la centième partie de cette existence qui va finir, qui finirait sans vous ; mais envers le second, disait-il, n'êtes-vous pas responsable de toutes les larmes qu'il versera depuis son berceau jusqu'à sa tombe ? sans vous, il ne serait pas né, et il naît, pourquoi cela ? pour votre amusement, non pour le sien à coup sûr ; pour porter votre nom, le nom d'un sot, je parie ? autant vaudrait l'écrire sur un mur ; à quoi bon un homme pour supporter le fardeau de trois ou quatre lettres ?

À ses yeux, celui qui, appuyé sur le Code civil, entre de force dans le lit de la vierge qu'on lui a donnée le matin, exerçant ainsi un viol légal que l'autorité protège, n'avait pas d'analogue chez les singes, les hippopotames et les crapauds, qui, mâle et femelle, s'accouplent lorsque des désirs communs les font se chercher et s'unir, où il n'y a ni épouvante et dégoût d'un côté, ni brutalité et despotisme obscène de l'autre ; et il exposait là-dessus de longues théories immorales, qu'il est inutile de rapporter.

Voilà pourquoi il ne se maria point et n'eut pour

---

1. Filles de condition modeste et de mœurs faciles.

maîtresse ni fille entretenue, ni femme mariée, ni grisette, ni jeune fille ; restaient les veuves, il n'y pensa pas.

Quand il fallut choisir un état, il hésita entre mille répugnances. Pour se mettre philanthrope, il n'était pas assez malin, et son bon naturel l'écartait de la médecine ; — quant au commerce, il était incapable de calculer, la vue seule d'une banque lui agaçait les nerfs. Malgré ses folies, il avait trop de sens pour prendre au sérieux la noble profession d'avocat ; d'ailleurs sa justice ne se fût pas accommodée aux lois. Il avait aussi trop de goût pour se lancer dans la critique, il était trop poète, peut-être, pour réussir dans les lettres. Et puis, sont-ce là des *états ? Il faut s'établir, avoir une position dans le monde, on s'ennuie à rester oisif, il faut se rendre utile, l'homme est né pour travailler* : maximes difficiles à comprendre et qu'on avait soin de souvent lui répéter.

Résigné à s'ennuyer partout et à s'ennuyer de tout, il déclara vouloir faire son droit et il alla habiter Paris. Beaucoup de gens l'envièrent dans son village, et lui dirent qu'il allait être heureux de fréquenter les cafés, les spectacles, les restaurants, de voir les belles femmes ; il les laissa dire, et il sourit comme lorsqu'on a envie de pleurer. Que de fois, cependant, il avait désiré quitter pour toujours sa chambre, où il avait tant bâillé, et dérangé ses coudes de dessus le vieux bureau d'acajou où il avait composé ses drames à quinze ans ! et il se sépara de tout cela avec peine ; ce sont peut-être les endroits qu'on a le plus maudits que l'on préfère aux autres, les prisonniers ne regrettent-ils pas leur prison ? C'est que, dans cette prison, ils espéraient et que, sortis, ils n'espèrent plus ; à travers les murs de leur cachot, ils voyaient la campagne émaillée de marguerites, sillonnée de ruisseaux, couverte de blés jaunes, avec des routes bordées d'arbres, — mais, rendus à la liberté, à la misère, ils revoient la vie telle qu'elle est, pauvre, raboteuse, toute fangeuse et toute froide, la campagne aussi, la belle campagne telle qu'elle est, ornée de gardes champêtres pour les empêcher de prendre les fruits s'ils ont soif, fournie en gardes forestiers, s'ils veulent tuer du gibier et qu'ils aient faim, couverte de gendarmes, s'ils ont envie de se promener et qu'ils n'aient pas de passeport.

Il alla se loger dans une chambre garnie, où les meubles avaient été achetés pour d'autres, usés par d'autres que lui ; il lui sembla habiter dans des ruines. Il passait la journée à travailler, à écouter le bruit sourd de la rue, à regarder la pluie tomber sur les toits.

Quand il faisait du soleil, il allait se promener au Luxembourg, il marchait sur les feuilles tombées, se rappelant qu'au collège il faisait de même ; mais il ne se serait pas douté que, dix ans plus tard, il en serait là. Ou bien il s'asseyait sur un banc et songeait à mille choses tendres et tristes, il regardait l'eau froide et noire des bassins, puis il s'en retournait le cœur serré. Deux ou trois fois, ne sachant que faire, il alla dans les églises à l'heure du salut, il tâchait de prier ; comme ses amis auraient ri, s'ils l'avaient vu tremper ses doigts dans le bénitier et faire le signe de la croix !

Un soir, qu'il errait dans un faubourg et qu'irrité sans cause il eût voulu sauter sur des épées nues et se battre à outrance, il entendit des voix chanter et les sons doux d'un orgue y répondre par bouffées. Il entra. Sous le portique, une vieille femme, accroupie par terre, demandait la charité en secouant des sous dans un gobelet de fer-blanc ; la porte tapissée allait et venait à chaque personne qui entrait ou qui sortait, on entendait des bruits de sabots, des chaises qui remuaient sur des dalles ; au fond, le chœur était illuminé, le tabernacle brillait aux flambeaux, le prêtre chantait des prières, les lampes, suspendues dans la nef, se balançaient à leurs longues cordes, le haut des ogives et les bas-côtés étaient dans l'ombre, la pluie

fouettait sur les vitraux et en faisait craquer les filets
de plomb, l'orgue allait, et les voix reprenaient, comme
le jour où il avait entendu sur les falaises la mer et les
oiseaux se parler. Il fut pris d'envie d'être prêtre, pour
dire des oraisons sur le corps des morts, pour porter un
cilice et se prosterner ébloui dans l'amour de Dieu...
Tout à coup un ricanement de pitié lui vint au fond du
cœur, il enfonça son chapeau sur ses oreilles, et sortit
en haussant les épaules.

Plus que jamais il devint triste, plus que jamais les
jours furent longs pour lui ; les orgues de Barbarie
qu'il entendait jouer sous sa fenêtre lui arrachaient
l'âme, il trouvait à ces instruments une mélancolie
invincible, il disait que ces boîtes-là étaient pleines de
larmes. Ou plutôt il ne disait rien, car il ne faisait pas
le blasé, l'ennuyé, l'homme qui est désillusionné de
tout ; sur la fin, même, on trouva qu'il était devenu
d'un caractère plus gai. C'était, le plus souvent,
quelque pauvre homme du Midi, un Piémontais, un
Génois, qui tournait la manivelle. Pourquoi celui-là
avait-il quitté sa corniche, et sa cabane couronnée de
maïs à la moisson ? il le regardait jouer longtemps, sa
grosse tête carrée, sa barbe noire et ses mains brunes,
un petit singe habillé de rouge sautait sur son épaule
et grimaçait, l'homme tendait sa casquette, il lui jetait
son aumône dedans et le suivait jusqu'à ce qu'il l'eût
perdu de vue.

En face de lui on bâtissait une maison, cela dura
trois mois ; il vit les murs s'élever, les étages monter
les uns sur les autres, on mit des carreaux aux fenêtres,
on la crépit, on la peignit, puis on ferma les portes ; des
ménages vinrent l'habiter et commencèrent à y vivre, il
fut fâché d'avoir des voisins, il aimait mieux la vue
des pierres.

Il se promenait dans les musées, il contemplait tous
ces personnages factices, immobiles et toujours jeunes
dans leur vie idéale, que l'on va voir, et qui voient

passer devant eux la foule, sans déranger leur tête, sans
ôter la main de dessus leur épée, et dont les yeux brille-
ront encore quand nos petits-fils seront ensevelis. Il se
perdait en contemplations devant les statues antiques,
surtout celles qui étaient mutilées.

Une chose pitoyable lui arriva. Un jour, dans la rue,
il crut reconnaître quelqu'un en passant près de lui,
l'étranger avait fait le même mouvement, ils s'arrêtè-
rent et s'abordèrent. C'était lui ! son ancien ami, son
meilleur ami, son frère, celui à côté de qui il était au
collège, en classe, à l'étude, au dortoir ; ils faisaient
leurs pensums et leurs devoirs ensemble ; dans la cour
et en promenade, ils se promenaient bras dessus bras
dessous, ils avaient juré autrefois de vivre en commun
et d'être *amis jusqu'à la mort*. D'abord ils se donnèrent
une poignée de main, en s'appelant par leur nom, puis
se regardèrent des pieds à la tête sans se rien dire, ils
étaient changés tous les deux et déjà un peu vieillis.
Après s'être demandé ce qu'ils faisaient, ils s'arrêtè-
rent tout court et ne surent aller plus loin ; ils ne
s'étaient pas vus depuis six ans et ils ne purent trouver
quatre mots à échanger. Ennuyés, à la fin, de s'être
regardés l'un et l'autre dans le blanc des yeux, ils se
séparèrent.

Comme il n'avait d'énergie pour rien et que le
temps, contrairement à l'avis des philosophes, lui semblait la richesse la moins prêteuse du monde, il se mit
à boire de l'eau-de-vie et à fumer de l'opium ; il passait
souvent ses journées tout couché et à moitié ivre, dans
un état qui tenait le milieu entre l'apathie et le cau-
chemar.

D'autres fois la force lui revenait, et il se redressait
tout à coup comme un ressort. Alors le travail lui apparaissait plein de charmes, et le rayonnement de la pensée le faisait sourire, de ce sourire placide et profond
des sages ; il se mettait vite à l'ouvrage, il avait des
plans superbes, il voulait faire apparaître certaines

époques sous un jour tout nouveau, lier l'art à l'histoire, commenter les grands poètes comme les grands peintres, pour cela apprendre les langues, remonter à l'antiquité, entrer dans l'Orient ; il se voyait déjà lisant des inscriptions et déchiffrant des obélisques ; puis il se trouvait fou et recroisait les bras.

Il ne lisait plus, ou bien c'étaient des livres qu'il trouvait mauvais et qui, néanmoins, lui causaient un certain plaisir par leur médiocrité même. La nuit il ne dormait pas, des insomnies le retournaient sur son lit, il rêvait et il s'éveillait, si bien que, le matin, il était plus fatigué que s'il eût veillé.

Usé par l'ennui, habitude terrible, et trouvant même un certain plaisir à l'abrutissement qui en est la suite, il était comme les gens qui se voient mourir, il n'ouvrait plus sa fenêtre pour respirer l'air, il ne se lavait plus les mains, il vivait même dans une saleté de pauvre, la même chemise lui servait une semaine, il ne se faisait plus la barbe et ne se peignait plus les cheveux. Quoique frileux, s'il était sorti dans la matinée et qu'il eût les pieds mouillés, il restait toute la journée sans changer de chaussures et sans faire de feu, ou bien il se jetait tout habillé sur son lit et tâchait de s'endormir ; il regardait les mouches courir sur le plafond, il fumait et suivait de l'œil les petites spirales bleues qui sortaient de ses lèvres.

On concevra sans peine qu'il n'avait pas de but, et c'est là le malheur. Qui eût pu l'animer, l'émouvoir ? l'amour ? il s'en écartait ; l'ambition le faisait rire ; pour l'argent, sa cupidité était fort grande, mais sa paresse avait le dessus, et puis un million ne valait pas pour lui la peine de le conquérir ; c'est à l'homme né dans l'opulence que le luxe va bien ; celui qui a gagné sa fortune, presque jamais ne la sait manger ; son orgueil était tel qu'il n'aurait pas voulu d'un trône. Vous me demanderez : Que voulait-il ? je n'en sais rien, mais, à coup sûr, il ne songeait point à se faire

plus tard élire député ; il eût même refusé une place de
préfet, y compris l'habit brodé, la croix d'honneur passée autour du cou, la culotte de peau et les bottes
écuyères les jours de cérémonie. Il aimait mieux lire
André Chénier que d'être ministre, il aurait préféré être
Talma[1] que Napoléon.

C'était un homme qui donnait dans le faux, dans
l'amphigourique et faisait grand abus d'épithètes.

Du haut de ces sommets, la terre disparaît et tout ce
qu'on s'y arrache. Il y a également des douleurs du
haut desquelles on n'est plus rien et l'on méprise tout ;
quand elles ne vous tuent pas, le suicide seul vous en
délivre. Il ne se tua pas, il vécut encore.

Le carnaval arriva, il ne s'y divertit point. Il faisait
tout à contretemps, les enterrements excitaient presque
sa gaieté, et les spectacles lui donnaient de la tristesse ;
toujours il se figurait une foule de squelettes habillés,
avec des gants, des manchettes et des chapeaux à
plumes, se penchant au bord des loges, se lorgnant,
minaudant, s'envoyant des regards vides ; au parterre
il voyait étinceler, sous le feu du lustre, une foule de
crânes blancs serrés les uns près des autres. Il entendit
des gens descendre en courant l'escalier, ils riaient, ils
s'en allaient avec des femmes.

Un souvenir de jeunesse lui repassa dans l'esprit, il
pensa à X..., ce village où il avait été un jour à pied,
et dont il a parlé lui-même dans ce que vous avez lu ;
il voulut le revoir avant de mourir, il se sentait
s'éteindre. Il mit de l'argent dans sa poche, prit son
manteau et partit tout de suite. Les jours gras, cette
année-là, étaient tombés dès le commencement de
février, il faisait encore très froid, les routes étaient

---

1. André Chénier : poète français (1762-1794) mort guillotiné,
et dont l'œuvre fut très prisée des romantiques. François Joseph
Talma (1763-1826) : acteur français, notamment célèbre pour ses
interprétations de Corneille ou de Shakespeare, auteur célébré par
les romantiques (cf. Stendhal : *Racine et Shakespeare*).

gelées, la voiture roulait au grand galop, il était dans le coupé, il ne dormait pas, mais se sentait traîné avec plaisir vers cette mer qu'il allait encore revoir ; il regardait les guides du postillon, éclairés par la lanterne de l'impériale, se remuer en l'air et sauter sur la croupe fumante des chevaux, le ciel était pur et les étoiles brillaient comme dans les plus belles nuits d'été.

Vers dix heures du matin, il descendit à Y... et de là fit la route à pied jusqu'à X... ; il alla vite, cette fois, d'ailleurs il courait pour se réchauffer. Les fossés étaient pleins de glace, les arbres, dépouillés, avaient le bout de leurs branches rouge, les feuilles tombées, pourries par les pluies, formaient une grande couche noire et gris de fer, qui couvrait le pied de la forêt, le ciel était tout blanc sans soleil. Il remarqua que les poteaux qui indiquent le chemin avaient été renversés ; à un endroit on avait fait une coupe de bois, depuis qu'il avait passé par là. Il se dépêchait, il avait hâte d'arriver. Enfin le terrain vint à descendre, là il prit, à travers champs, un sentier qu'il connaissait, et bientôt il vit, dans le loin, la mer. Il s'arrêta, il l'entendait battre sur le rivage et gronder au fond de l'horizon, *in altum*[1] ; une odeur salée lui arriva, portée par la brise froide d'hiver, son cœur battait.

On avait bâti une nouvelle maison à l'entrée du village, deux ou trois autres avaient été abattues.

Les barques étaient à la mer, le quai était désert, chacun se tenait enfermé dans sa maison ; de longs morceaux de glace, que les enfants appellent *chandelles des rois*, pendaient au bord des toits et au bout des gouttières, les enseignes de l'épicier et de l'aubergiste criaient aigrement sur leur tringle de fer, la marée montait et s'avançait sur les galets, avec un bruit de chaînes et de sanglots.

---

1. Vers la haute mer.

Après qu'il eut déjeuné, et il fut tout étonné de n'avoir pas faim, il s'alla promener sur la grève. Le vent chantait dans l'air, les joncs minces, qui poussent dans les dunes, sifflaient et se courbaient avec furie, la mousse s'envolait du rivage et courait sur le sable, quelquefois une rafale l'emportait vers les nuages.

La nuit vint, ou mieux ce long crépuscule qui la précède dans les plus tristes jours de l'année ; de gros flocons de neige tombèrent du ciel, ils se fondaient sur les flots, mais ils restaient longtemps sur la plage, qu'ils tachetaient de grandes larmes d'argent.

Il vit, à une place, une vieille barque à demi enfouie dans le sable, échouée là peut-être depuis vingt ans, de la christe marine avait poussé dedans, des polypes et des moules s'étaient attachés à ses planches verdies ; il aima cette barque, il tourna tout autour, il la toucha à différentes places, il la regarda singulièrement, comme on regarde un cadavre.

À cent pas de là, il y avait un petit endroit dans la gorge d'un rocher, où souvent il avait été s'asseoir et avait passé de bonnes heures à ne rien faire, — il emportait un livre et ne lisait pas, il s'y installait tout seul, le dos par terre, pour regarder le bleu du ciel entre les murs blancs des rochers à pic ; c'était là qu'il avait fait ses plus doux rêves, c'était là qu'il avait le mieux entendu le cri des mouettes, et que les fucus suspendus avaient secoué sur lui les perles de leur chevelure ; c'était là qu'il voyait la voile des vaisseaux s'enfoncer sous l'horizon, et que le soleil, pour lui, avait été plus chaud que partout ailleurs sur le reste de la terre.

Il y retourna, il le retrouva ; mais d'autres en avaient pris possession, car, en fouillant le sol, machinalement, avec son pied, il fit trouvaille d'un cul de bouteille et d'un couteau. Des gens y avaient fait une partie, sans doute, on était venu là avec des dames, on y avait déjeuné, on avait ri, on avait fait des plaisanteries. « Ô mon Dieu, se dit-il, est-ce qu'il n'y a pas sur la terre des lieux que nous avons assez aimés, où nous avons assez vécu pour qu'ils nous appartiennent jusqu'à la mort, et que d'autres que nous-mêmes n'y mettent jamais les yeux ! »

Il remonta donc par le ravin, où si souvent il avait fait dérouler des pierres sous ses pieds ; souvent même il en avait lancé exprès, avec force, pour les entendre se frapper contre les parois des rochers et l'écho solitaire y répondre. Sur le plateau qui domine la falaise, l'air devint plus vif, il vit la lune s'élever en face, dans une portion du ciel bleu sombre ; sous la lune, à gauche, il y avait une petite étoile.

Il pleurait, était-ce de froid ou de tristesse ? son cœur crevait, il avait besoin de parler à quelqu'un. Il entra dans un cabaret, où quelquefois il avait été boire de la bière, il demanda un cigare, et il ne put s'empêcher de dire à la bonne femme qui le servait : « Je suis déjà venu ici. » Elle lui répondit : « Ah ! mais, c'est pas la belle saison, m'sieu, c'est pas la belle saison », et elle lui rendit de la monnaie.

Le soir il voulut encore sortir, il alla se coucher dans un trou qui sert aux chasseurs pour tirer les canards sauvages, il vit un instant l'image de la lune rouler sur les flots et remuer dans la mer, comme un grand serpent, puis de tous les côtés du ciel des nuages s'amoncelèrent de nouveau, et tout fut noir. Dans les ténèbres, des flots ténébreux se balançaient, montaient les uns sur les autres et détonaient comme cent canons, une sorte de rythme faisait de ce bruit une mélodie terrible, le rivage, vibrant sous le coup des vagues, répondait à la haute mer retentissante.

Il songea un instant s'il ne devait pas en finir ; personne ne le verrait, pas de secours à espérer, en trois minutes il serait mort ; mais, de suite, par une antithèse ordinaire dans ces moments-là, l'existence vint à lui sourire, sa vie de Paris lui parut attrayante et pleine d'avenir, il revit sa bonne chambre de travail, et tous les jours tranquilles qu'il pourrait y passer encore. Et cependant les voix de l'abîme l'appelaient, les flots s'ouvraient comme un tombeau, prêts de suite à se refermer sur lui et à l'envelopper dans leurs plis liquides...

Il eut peur, il rentra, toute la nuit il entendit le vent siffler dans la terreur ; il fit un énorme feu et se chauffa de façon à se rôtir les jambes.

Son voyage était fini. Rentré chez lui, il trouva ses vitres blanches couvertes de givre, dans la cheminée les charbons étaient éteints, ses vêtements étaient restés sur son lit comme il les avait laissés, l'encre avait séché dans l'encrier, les murailles étaient froides et suintaient.

Il se dit : « Pourquoi ne suis-je pas resté là-bas ? » et il pensa avec amertume à la joie de son départ.

L'été revint, il n'en fut pas plus joyeux. Quelquefois seulement il allait sur le pont des Arts, et il regardait remuer les arbres des Tuileries, et les rayons du soleil couchant qui empourprent le ciel passer, comme une pluie lumineuse, sous l'Arc de l'Étoile.

Enfin, au mois de décembre[1] dernier, il mourut, mais lentement, petit à petit, par la seule force de la pensée, sans qu'aucun organe fût malade, comme on meurt de tristesse, ce qui paraîtra difficile aux gens qui ont beaucoup souffert, mais ce qu'il faut bien tolérer dans un roman, par amour du merveilleux.

Il recommanda qu'on l'ouvrît, de peur d'être enterré vif, mais il défendit bien qu'on l'embaumât.

25 octobre 1842.

---

1. Le héros de *Novembre* meurt au mois de décembre, qui est la clôture du roman, et la clôture de la jeunesse de son auteur.

Table

Crédits photographiques

Les Classiques du Livre de Poche

Le XIXᵉ siècle

Achevé d'imprimer en janvier 2011 en Espagne par
Litografia Rosés S.A.
Gava (08850)
Dépôt légal 1re publication : août 2000
Édition 02 – janvier 2011
Librairie Générale Française – 31 rue de Fleurus – 75278 Paris Cedex 06

31/4944/0